MADEMOISELLE DE BELLE-ISLE.

PARIS. — IMPRIMERIE DE Mme Ve DONDEY-DUPRÉ,

RUE SAINT-LOUIS, 46, AU MARAIS.

MADEMOISELLE
DE BELLE-ISLE,

DRAME EN CINQ ACTES, EN PROSE,

PAR

Alexandre Dumas,

REPRÉSENTÉ, POUR LA PREMIÈRE FOIS, SUR LE THÉATRE-
FRANÇAIS, LE 2 AVRIL 1839.

———◆———

PARIS
DUMONT, LIBRAIRE-ÉDITEUR,

PALAIS-ROYAL, 88.

—

1839

DÉDICACE.

A

Mademoiselle Mars,

HOMMAGE

d'Admiration profonde & de sincère
reconnaissance.

Alex. Dumas.

ACTE PREMIER.

PERSONNAGES	ACTEURS.
M. LE DUC DE RICHELIEU, pair de France............................	M. FIRMIN.
M. LE CHEVALIER D'AUBIGNY, gentilhomme breton, lieutenant aux gardes du roi............................	M. LOKROY.
M. LE DUC D'AUMONT, capitaine aux gardes............................	M. MIRECOURT.
M. LE CHEVALIER D'AUVRAY, lieutenant des maréchaux de France, greffier du point d'honneur................	M. FONTA.
CHAMILLAC.........................	M. MATHIEN.
PREMIER LAQUAIS de la marquise de Prie............................	M. ALEXANDRE.
PREMIER LAQUAIS du duc de Richelieu.	M. MONLAURE.
Mme LA MARQUISE DE PRIE.........	Mme MANTE.
Mlle GABRIELLE DE BELLE-ISLE....	Mlle MARS.
MARIETTE, femme de chambre de la marquise de Prie.....................	Mme DUPONT.

La scène se passe à Chantilly, les 25 et 26 du mois de juin 1726.

ACTE PREMIER.

Un boudoir attenant à une chambre à coucher.

SCENE PREMIERE.

Mme LA MARQUISE DE PRIE, *à sa toilette*, MARIETTE, *décachetant des lettres qu'elle jette dans un brûle-parfums*.

LA MARQUISE.

Va tout de suite à la signature, il n'y a pas une de ces lettres dont je ne sache d'avance le contenu.

MARIETTE.

Madame la marquise est bien indifférente aujourd'hui.

LA MARQUISE.

Eh ! ne voyez-vous pas, ma chère, que toutes ces protestations d'amour , toutes ces assurances de dévouement, ne s'adressent ni à la fille du traitant Pléneuf, ni à la femme du marquis de Prie, mais à la favorite de M. le duc de Bourbon, successeur du régent et premier ministre de sa majesté Louis XV? Brûle donc, brûle.

MARIETTE, lisant les signatures.

M. de Nocé.

LA MARQUISE, se coiffant.

Brûle.

MARIETTE.

M. de Duras.

LA MARQUISE.

Brûle.

MARIETTE.

M. d'Aumont.

LA MARQUISE.

Brûle, brûle.

MARIETTE.

J'espère qu'en voilà de l'amour qui s'en va en fumée !

LA MARQUISE.

C'est tout ?

MARIETTE.

C'est tout.

LA MARQUISE.

Rien de M. le duc de Richelieu ?

MARIETTE.

Rien.

LA MARQUISE.

C'est bizarre !

MARIETTE.

Madame la marquise me permettra-t-elle de lui avouer qu'elle m'inquiète sérieusement ?

LA MARQUISE.

Comment cela ?

MARIETTE.

C'est que madame la marquise paraît menacée d'un véritable amour.

LA MARQUISE.

Pour le duc ?

MARIETTE.

Pour le duc.

LA MARQUISE.

Vous croyez !

MARIETTE.

J'en tremble ; que madame la marquise y prenne garde, on en meurt.

LA MARQUISE.

Bah !

MARIETTE.

Madame Michelin.

LA MARQUISE.

Une tapissière...

MARIETTE.

N'importe : à la place de madame la marquise, j'y ferais attention.

LA MARQUISE.

Et qui fait croire que c'est dangereux ?

MARIETTE.

Les symptômes.

LA MARQUISE.

Vraiment ?

MARIETTE.

Il y a inquiétude quand ses lettres n'arrivent pas, indifférence quand les lettres des autres arrivent, fidélité depuis trois semaines ; la maladie en est au troisième degré, dernier période.

LA MARQUISE.

Je t'étonnerais bien davantage si je te disais une chose.

MARIETTE.

Laquelle ?

LA MARQUISE.

Curieuse.

MARIETTE.

Que madame la marquise me pardonne ; c'est qu'il y a si long-temps que je n'ai été étonnée !

LA MARQUISE.

Eh bien ! c'est que le duc est fidèle.

MARIETTE.

Est-ce que madame la marquise me permettra d'en douter ?

LA MARQUISE.

Doute si tu veux, j'en suis sûre, moi.

MARIETTE.

Malgré son voyage à Paris ?

LA MARQUISE.

Malgré son voyage.

MARIETTE.

Madame la marquise lui a donc fait prendre un philtre ?

LA MARQUISE.

Non, je lui ai fait donner sa parole.

MARIETTE.

Ah ! le bon billet qu'a la Châtre !

LA MARQUISE, tirant la moitié d'un sequin d'une bourse.

Vois-tu ceci ?

MARIETTE.

La moitié d'une pièce d'or ?

LA MARQUISE.

Oui : eh bien ! le duc de Richelieu ne m'a pas encore renvoyé l'autre.

MARIETTE.

Ce qui veut dire ?

LA MARQUISE.

Qu'il m'aime toujours.

MARIETTE.

Cela demande explication.

LA MARQUISE.

Elle ne sera pas longue... Ce qui rend malheureux en amour, c'est moins de ne pas être aimé quand on aime que d'être encore aimé quand on n'aime plus.

MARIETTE.

Ce que dit madame la marquise est plein de profondeur.

LA MARQUISE.

Eh bien ! quand j'ai renoué avec M. le duc de Richelieu, à son retour de Vienne, nous avons arrêté une chose, c'est que, sous aucun prétexte, cette liaison ne deviendrait un tourment : en conséquence, nous avons brisé un sequin en deux parties égales, nous en avons pris chacun une, et nous sommes convenus que le premier qui n'aimerait plus, au moment même où il cesserait d'aimer, renverrait sa moitié, avec parole mutuelle que celui qui la recevrait n'aurait pas le plus petit mot à dire, et ne ferait pas le moindre reproche. M. de Richelieu ne m'a pas encore renvoyé sa moitié, donc il m'aime encore.

Mme de Prie remet sa moitié dans sa bourse, qu'elle referme et pose sur sa toilette.

MARIETTE.

Oh ! mais c'est du plus grand ingénieux, cela; peut-être aussi est-ce l'habitude en Autriche ; cela prouverait énormément en faveur de la civilisation allemande.

UN LAQUAIS, entrant.

M. le duc de Richelieu désirerait avoir l'honneur de présenter ses hommages à madame la marquise.

LA MARQUISE.

Le duc de Richelieu ?

LE LAQUAIS.

Il arrive de Paris à l'instant même, et fait demander si madame la marquise est visible.

LA MARQUISE.

Certainement. (Le Laquais sort. A Mariette.) Voilà pourquoi je n'avais pas de lettre.

MARIETTE.

C'est miraculeux. Mme la marquise veut-elle que je la laisse seule ?

LA MARQUISE.

Dans un instant; ce serait remarqué peut-être si vous me quittiez tout de suite.

SCENE II.

Les Mêmes, LE DUC DE RICHELIEU.

LE DUC, de la porte.

Madame la marquise veut bien me recevoir à mon débotté?

LA MARQUISE.

En aviez-vous douté, cher duc?

LE DUC, lui baisant la main.

Est-ce trop de fatuité que de vous répondre non?

LA MARQUISE.

Vous permettez que cette fille achève de m'a-juster?

LE DUC.

Comment donc !

Il s'appuie au canapé sur lequel est assise la Marquise.

LA MARQUISE.

Et vous arrivez de Paris?

LE DUC.

Il y a dix minutes.

LA MARQUISE.

Qu'y faisait-on de nouveau?

LE DUC.

On portait dans les rues la châsse de sainte Geneviève.

LA MARQUISE.

Et pourquoi?

LE DUC.

Pour obtenir du soleil.

LA MARQUISE.

Et les Parisiens s'adressent à sainte Geneviève pour cela?

LE DUC.

Que voulez-vous? ils ne savent pas que c'est vous qui faites la pluie et le beau temps.

LA MARQUISE.

A propos, avez-vous rencontré Mme Dallainville?

LE DUC.

Oui, chez Charrost.

LA MARQUISE.

Que fait-elle?

LE DUC.

Elle continue de maigrir.

LA MARQUISE.

Oh! bah! impossible, elle était déjà impalpable.

LE DUC.

Eh bien! elle devient invisible, voilà tout! Et ici?

LA MARQUISE.

Oh! mon Dieu, rien qui mérite la peine d'être dit. M. le duc de Bourbon a chassé; moi, je vous ai attendu; voilà comme le temps s'est écoulé.

LE DUC.

Je croyais d'Auvray à Chantilly.

LA MARQUISE.

Il y est effectivement.

LE DUC.

Est-ce qu'en sa qualité de lieutenant de nosseigneurs les maréchaux' et de greffier du point d'honneur, il flairait quelque duel?

LA MARQUISE.

Non pas, que je sache.

2

LE DUC.

Est-il venu seul?

LA MARQUISE.

Avec d'Aumont.

LE DUC.

Oh ! vraiment, ce brave duc, toujours coiffé de la veille et rasé d'une semaine, c'est bien, sur mon honneur, le gentilhomme le plus débraillé de France.

LA MARQUISE, à Mariette.

Cela suffit, mademoiselle; je n'ai plus besoin de vous; mais ne vous éloignez pas.

Mariette sort.

SCENE III.

LE DUC, LA MARQUISE.

LE DUC, s'asseyant près de la Marquise.

Chère marquise, enfin nous voilà donc seuls !

LA MARQUISE.

Après huit jours d'absence, quand vous deviez n'en rester que cinq.

LE DUC.

Huit jours!... était-ce trop pour faire ma cour au jeune roi, après deux ans d'exil à Vienne?

LA MARQUISE.

Et puis pour revoir Mme de Villars, Mme de Duras, Mme de Villeroy, Mme de Sabran, Mme de Mouchy, Mlle de Charolais, Mme de Soubise, Mme ...

LE DUC.

Mais cela m'a presque l'air d'un reproche.

LA MARQUISE.

Et si c'en était un, que diriez-vous?

LE DUC.

Que vous venez au-devant de celui que j'allais vous faire.

LA MARQUISE.

Et lequel, s'il vous plaît?

LE DUC.

Pendant ces huit jours, pas la plus petite lettre, pas le moindre mot d'amour! Savez-vous que je ne connais pas même votre écriture?

LA MARQUISE.

Ah! duc, pour un diplomate, vous faites là une lourde faute. Est-ce que la favorite d'un premier

ministre peut écrire à son amant, et surtout lorsque cet amant s'appelle le duc de Richelieu ? nous
savons trop bien le parti que vous tirez de pareilles
pièces, monseigneur !

LE DUC.

Ah ! vous voulez parler de la lettre de la duchesse de Berry. Voilà que vous allez me repro-
cher le plus beau trait de ma carrière amoureuse !
une action à la Bayard ! Eh bien ! je lui ai rendu
sa lettre pour ne pas désoler Riom. Est-ce que je
vous parle de d'Aumont, moi, lequel a profité de
mon absence pour venir traîtreusement à Chantilly ?

LA MARQUISE.

Le fait est que je ne sais pas si c'est d'amour,
mais, d'honneur, il est à moitié fou.

LE DUC.

Oh ! marquise, vous lui faites tort de l'autre
moitié. Vous m'aimez donc toujours ?

LA MARQUISE.

Et vous ?

LE DUC.

Moi, c'est de la folie. A propos, permettez-vous,
quoique vous n'écriviez pas, ma belle discrète, que

je vous offre ces tablettes? c'est ce que j'ai trouvé de plus nouveau et de plus digne de vous.

LA MARQUISE.

Vous croyez me prendre en défaut et avoir un avantage sur moi. Me permettrez-vous, mon fidèle chevalier, maintenant que l'on dit que vous êtes devenu économe, de vous offrir cette bourse que j'ai brodée de ma main?

LE DUC.

Ah! mais voilà qui est charmant de votre part, marquise, chère marquise!

LA MARQUISE, regardant les tablettes.

Mes armes! décidément c'était bien pour moi.

LE DUC, regardant la bourse.

Mon chiffre! il n'y a pas à s'y tromper. (Elle veut ouvrir les tablettes.) Ah! n'ouvrez pas! quand je n'y serai plus, à la bonne heure!

Il se lève.

LA MARQUISE.

Est-ce que vous me quittez déjà?

LE DUC.

Il faut que j'aille faire ma cour à monsieur le duc.

LA MARQUISE.

Vous savez qu'il part demain?

LE DUC.

Oui, j'ai appris cela ; il est invité aux chasses de Rambouillet, n'est-ce pas?

LA MARQUISE.

Décidément monseigneur l'évêque de Fréjus est en baisse, et nous sommes toujours rois de France.

LE DUC.

Je baise les mains de votre majesté.

LA MARQUISE.

A bientôt.

LE DUC.

Vous le demandez? (A part, en sortant.) Elle m'aime toujours, cette bonne marquise.

Il sort.

LA MARQUISE.

Ce pauvre duc! plus amoureux que jamais! il n'a pas voulu me laisser ouvrir ses tablettes... quelque lettre d'amour! quelque madrigal! (Elle les ouvre.) Que vois-je? la moitié de mon sequin!

LE DUC, reparaissant à la porte, tenant la bourse d'une main et l'autre moitié de la pièce de l'autre, et montrant la pièce.

Marquise!

LA MARQUISE, tenant les tablettes d'une main et lui montrant la
pièce de l'autre.

Duc !

Ils éclatent de rire tous deux.

LE DUC.

Pardieu ! nos cœurs étaient faits l'un pour l'autre, ou je ne m'y connais pas !

LA MARQUISE.

Oh ! le fait est, mon cher duc, que c'est d'une
sympathie miraculeuse !

LE DUC, s'approchant.

Vous ne m'aimez plus.

LA MARQUISE.

Si, je vous aime toujours, et vous ?

LE DUC.

Oh ! et moi aussi.

LA MARQUISE.

Comme amie.

LE DUC.

Comme ami.

LA MARQUISE.

Alors, vous en aimez une autre comme maîtresse.

LE DUC.

J'en ai peur ; et vous, un nouvel amant.

LA MARQUISE.

Oh ! moi, j'ai la tête perdue.

LE DUC, se rasseyant.

Bah ! vraiment ! vous allez me conter cela ?

LA MARQUISE.

Confidence pour confidence.

LE DUC.

C'est juste... d'autant plus que j'ai compté sur vous !

LA MARQUISE.

Ah ! voilà que vous me donnez le rôle de Mme de Villars ; eh bien ! je l'accepte : voyons, qu'y a-t-il ?

LE DUC.

Vous, d'abord ?

LA MARQUISE.

Un jeune gentilhomme breton que j'ai fait passer du régiment de Champagne dans les gardes du roi.

LE DUC.

Par l'influence du duc de Bourbon ?

LA MARQUISE.

Oh ! non, par celle de Moutrain de Fournaise.

LE DUC.

Ah ! ce bon capitaine ! c'est vrai; je l'avais oublié : toujours en enfance ?

LA MARQUISE.

Mon Dieu, oui, depuis l'âge de raison.

LE DUC.

Et le nom du rival ?

LA MARQUISE.

Le chevalier d'Aubigny.

LE DUC.

Ah ! bonne famille, ma foi, bonne famille ! et connaît-il son bonheur ?

LA MARQUISE.

Il ne connaît rien du tout; les épaulettes lui sont venues toutes seules.

LE DUC.

Ah çà, mais ce coquin-là, il doit se croire le filleul d'une fée. Et, où est-il, sans indiscrétion ?

LA MARQUISE.

Ici,

LE DUC.

Ah ! ici !

LA MARQUISE.

Il fait partie du détachement en garnison à Chantilly.

LE DUC.

Diable ! et comment ne m'avez-vous pas envoyé cette bourse plus tôt ?

LA MARQUISE.

Il n'est arrivé que d'hier.

LE DUC.

Je suis dans mon tort ; il n'y avait pas de temps de perdu.

LA MARQUISE.

A votre tour maintenant... j'espère que j'ai été franche.

LE DUC.

Je vais suivre l'exemple. Imaginez-vous une personne charmante.

LA MARQUISE.

Ah ! ménagez mon amour-propre ; je ne vous ai pas fait le portrait du chevalier.

LE DUC.

C'est juste... une provinciale.

LA MARQUISE.

Que vous avez rencontrée?

LE DUC.

Chez M. de Fréjus, d'abord.

LA MARQUISE.

Ah! M. de Fleury.

LE DUC.

Puis chez le roi.

LA MARQUISE.

Quelque La Vallière?

LE DUC.

Point; c'est ce qui vous trompe; une fille de noblesse qui vient de la Bretagne pour solliciter la
grâce de son père et de ses frères prisonniers à la
Bastille, et que monseigneur de Fréjus a renvoyée
au roi, et le roi à M. le duc; de sorte qu'elle est
arrivée ce matin une heure avant moi.

LA MARQUISE.

Et elle est ici?

LE DUC.

Comme M. le chevalier d'Aubigny... c'est d'un hasard étourdissant.

LA MARQUISE.

Vraiment, duc?

LE DUC.

En honneur !

LA MARQUISE.

Eh bien! qu'est-ce que tout cela va devenir?

LE DUC.

Je n'en sais rien ; mais cela promet d'être assez amusant pour peu que cela se complique.

LA MARQUISE.

Maintenant vous n'avez oublié qu'une chose.

LE DUC.

Laquelle.

LA MARQUISE.

Le nom de cette charmante Bretonne.

LE DUC.

Mlle de Belle-Isle.

LA MARQUISE.

La petite-fille de Fouquet ?

LE DUC.

Elle-même.

LA MARQUISE.

Mais vous le savez, duc, ces Belle-Isle sont mes ennemis.

LE DUC.

Bah! qui vous a dit cela? un Paris Duverney, qui est devenu de garçon cabaretier soldat aux gardes, et de soldat aux gardes financier. Quelle foi voulez-vous ajouter aux accusations d'un pareil homme?

LA MARQUISE.

Cependant le père est compromis dans l'affaire Leblanc, et les fils sont accusés d'assassinat.

LE DUC.

Eh! mon Dieu, oui; on dit ces choses-là pour faire mettre les gens à la Bastille; on y croit même tant qu'ils n'y sont pas; et puis, quand ils y sont, on les y laisse, mais on n'y croit plus. Tenez, marquise, je ne sais pas si c'est parce que j'y ai été trois fois, à la Bastille, mais j'ai grande pitié de ceux qui y vont, et surtout de ceux qui y retournent.

LE LAQUAIS.

Mademoiselle de Belle-Isle:

LA MARQUISE.

Eh bien ! pourquoi annoncez-vous ainsi sans vous informer si je veux recevoir ?

LE LAQUAIS.

Madame la marquise avait dit que ce matin...

LA MARQUISE.

Oui, j'aurais un lever; mais pas pour tout le monde.

LE DUC.

Oh ! marquise, je vous en supplie.

LA MARQUISE.

Je n'ai rien à vous refuser, mon cher duc. (Au laquais.) Faites entrer.

LE DUC.

Vous êtes adorable.

LA MARQUISE.

Il paraît que mon rôle commence.

SCENE IV.

LES MÊMES, Mlle DE BELLE-ISLE.

Mlle DE BELLE-ISLE.

Madame..

LA MARQUISE.

Approchez, mademoiselle.

Mlle DE BELLE-ISLE.

Que vous êtes bonne d'avoir daigné me recevoir ainsi sur ma première demande!

LA MARQUISE.

Ce n'est pas moi qu'il faut remercier, c'est M. le duc de Richelieu.

Mlle DE BELLE-ISLE.

Monsieur le duc !

LA MARQUISE.

Il m'a dit que l'affaire qui vous amenait était pressante et ne pouvait se remettre.

Mlle DE BELLE-ISLE.

Merci donc d'abord à M. le duc de Richelieu ! j'avais eu le bonheur de le rencontrer sur ma route pour m'ouvrir les portes de Versailles : il paraît qu'il ne m'a point abandonnée à Chantilly. Mais ensuite merci, à vous, madame, à vous, dont la grâce et la bonté me sont d'un si heureux présage!

LA MARQUISE.

Eh bien! me voilà, dites-moi comment je puis vous être utile?

Mlle DE BELLE-ISLE.

Mon nom vous a appris qui je suis; ma démarche doit vous dire quelle est la grâce que je sollicite. Mon père et mes deux frères sont à la Bastille depuis trois ans : mon père, un vieux gentilhomme accusé de fraude et de concussion; mes frères, des soldats accusés de meurtre et de guet-apens. Vous voyez bien que c'est impossible, madame, et cependant depuis trois ans j'attendais près de ma mère que justice leur fût faite; mais ma mère est morte, et je me suis trouvée entre une tombe et une prison. Alors, je suis partie seule, sous la sauve-garde de mon malheur.

LA MARQUISE.

Que vouliez-vous ?

Mlle DE BELLE-ISLE.

Voir M. de Fréjus, me jeter aux pieds du roi!

LA MARQUISE.

Eh bien?

Mlle DE BELLE-ISLE.

Eh bien ! madame, j'ai été repoussée par tous, par
M. de Fréjus, qui m'a dit que les affaires politiques
ne le regardaient pas ; par le roi, qui, occupé des
plaisirs de son âge, ignore jusqu'à l'existence de
ceux que l'on persécute en son nom. Enfin on m'a
renvoyée à M. le duc de Bourbon, et je suis venue à
vous, madame, pourquoi ? par instinct, parce que
vous êtes une femme, parce que moi, pauvre fille de
la Bretagne épouvantée des cours, tremblante à
chaque instant de commettre quelque faute d'étiquette, je me suis crue sauvée du moment où je
pourrais parler à une femme.

LE DUC.

Et vous avez eu raison, mademoiselle : madame
la marquise fera tout ce qu'elle pourra, je vous le
promets en son nom.

LE LAQUAIS.

M. le duc d'Aumont, M. le chevalier d'Auvray.

LE DUC.

Au diable les mal venus !

LA MARQUISE.

Vous le voyez, mademoiselle, quelque intérêt que
m'inspire votre dévouement, je suis forcée de recevoir ; plus tard nous reprendrons cette conversation.

3

Mᶫᶫᵉ DE BELLE-ISLE.

Ah! madame, plus tard vous retrouverai-je aussi parfaite? il me reste tant de choses à vous dire, mon Dieu, qui convaincraient votre esprit ou qui toucheraient votre cœur! Qui sait même si je pourrai parvenir jusqu'à vous, et si les persécuteurs de ma famille ne lui auront pas fait demain une ennemie de celle que j'implore aujourd'hui comme mon ange sauveur?

LA MARQUISE.

Comment faire? Je voudrais vous entendre, mais...

LE DUC.

Eh bien! marquise, il y a moyen de tout arranger : entrez chez vous avec mademoiselle, et je vais recevoir ces messieurs en votre nom.

LA MARQUISE.

Je me suis engagée à ne vous rien refuser aujourd'hui, monsieur le duc ; faites donc les honneurs à ma place. Venez, mademoiselle.

Mᶫᶫᵉ DE BELLE-ISLE.

Ah! madame, c'est le ciel qui m'a inspirée lorsque je suis venue à vous, et c'est lui qui vous récompensera tous deux ; car moi, je ne puis que vous remercier.

SCENE V.

LE DUC, *puis* LE DUC D'AUMONT *et* LE CHEVALIER
D'AUVRAY.

LE DUC.

Voilà qui va à merveille : je tire le père et les fils
de la Bastille, et comme une bonne action trouve
toujours sa récompense, je suis récompensé, ou il
n'y a plus de justice humaine. Faites entrer ces
messieurs. (Ils entrent.) Bonjour, duc.

D'AUMONT.

Bonjour, duc.

LE DUC, à d'Auvray.

Ah! c'est vous, chevalier! nous ne nous sommes
pas vus, je crois, depuis le jour où je voulais me
couper la gorge avec le comte Emmanuel de Ba-
vière, et où vous m'avez arrêté. Oui, pardieu! bien
arrêté, au nom de nosseigneurs les maréchaux de
France. Sans rancune.

D'AUVRAY.

Sans rancune, sans rancune! c'est bientôt dit!
Que vous me pardonniez de vous avoir sauvé un
coup d'épée, peut-être, je le comprends, mais reste

à savoir si nous vous pardonnerons nous, d'être depuis une heure en tête-à-tête avec la marquise, tandis que nous ne serons pas même admis à baiser le bas de sa robe.

D'AUMONT.

Elle t'a donc chargé de ses pouvoirs vis-à-vis de nous?

LE DUC.

Oui, et j'en profiterai pour te donner un conseil en son nom.

D'AUMONT.

A moi?

LE DUC.

A toi.

D'AUMONT.

Donne.

LE DUC , lui mettant la main sur l'épaule.

Écoute, d'Aumont : Dieu t'a fait bon gentil-homme, le roi t'a fait duc et pair, Mme la duchesse d'Orléans t'a fait cordon bleu, ta femme t'a fait... capitaine des gardes, moi je t'ai fait chevalier de Saint-Louis, à telle enseigne que j'ai été forcé de t'embrasser ce jour-là : fais donc à ton tour quelque chose pour toi, fais-toi la barbe.

D'AUMONT.

Que veux-tu, mon cher ? c'est une tradition de la régence : on nous aimait comme cela alors, et ce n'est pas nous qui avons changé, ce sont les femmes. Au diable la mode ! tout le monde n'a pas été doué comme toi de la faculté de se plier à tout et de passer partout ; il n'était donné qu'à Fronsac de devenir Richelieu ! Mais nous verrons comment tu t'en tireras au milieu de l'amélioration des mœurs, comme disent les philosophes.

LE DUC.

Ah çà ! véritablement, chevalier, est-ce que nous sommes devenus aussi prudes que le dit d'Aumont ?

D'AUVRAY.

Mon cher duc, ne m'en parlez pas : autrefois, vous savez, de fondation, toutes les femmes avaient un confesseur et deux amans ; aujourd'hui c'est tout le contraire, elles ont un amant et deux confesseurs : c'est une conséquence naturelle des choses ; nous sommes tombés de cardinal en évêque, passés de Dubois à Fleury.

LE DUC.

Bah ! vous avez toujours été misanthrope, mon cher d'Auvray ?

D'AUMONT.

Non, d'honneur, c'est la vérité pure ; il tient la chose de bonne source ; c'est sa femme qui la lui a dite.

D'AUVRAY.

Eh bien ! voilà ce qui te trompe, d'Aumont, c'est la tienne.

D'AUMONT.

Alors la chose n'en est que plus sûre. Tu vois bien, mon cher, qu'en échange de ton conseil, je puis t'en donner un à mon tour, c'est de retourner à Vienne.

LE LAQUAIS.

M. le chevalier d'Aubigny.

LE DUC.

Ah ! ah ! mon rival ! Décidément, c'est une femme de goût que la marquise. Et pourquoi retourner à Vienne ?

D'AUVRAY.

Parce qu'il n'y a plus rien à faire ici.

LE DUC.

Parlez pour vous, messieurs.

D'AUVRAY.

Ah ! nous parlons pour tous.

LE DUC.

Eh bien! c'est ce que nous verrons.

D'AUMONT.

D'honneur, duc, je n'aurais pas cru que tu pusses devenir plus fat que tu ne l'étais. C'est la maîtresse du prince Eugène qui t'a achevé. Tu te crois un grand tactitien parce que vous vous êtes rencontrés sur le même champ de bataille : retourne à Vienne, mon cher.

LE DUC.

Un pari.

D'AUVRAY.

Lequel ?

LE DUC.

J'ai besoin de mille louis. D'Aumont est si avare qu'il ne me les prêterait pas; vous êtes si prodigue que vous ne pourriez pas me les donner. Je veux vous en gagner à chacun cinq cents.

D'AUMONT.

Je ne demande pas mieux.

D'AUVRAY.

Ni moi.

LE DUC.

Vous dites que les femmes sont devenues en mon absence d'une vertu féroce?

D'AUMONT.

C'est notre opinion.

LE DUC.

Eh bien! moi, je parie, moi, duc de Richelieu, entendez-vous, d'Auvray? entends-tu, d'Aumont? je parie obtenir de la première fille, femme ou veuve que nous verrons, soit ici, soit en sortant du château, un rendez-vous dans les vingt-quatre heures.

D'AUVRAY.

Un instant, précisons, un rendez-vous d'amour.

LE DUC.

Pardieu! les rendez-vous d'affaires regardent mon intendant.

D'AUMONT.

Un rendez-vous d'amour?

LE DUC.

Un rendez-vous d'amour.

D'AUVRAY.

Et où sera donné ce rendez-vous ?

LE DUC.

Dans sa chambre, si vous le voulez.

D'AUMONT.

A quelle heure ?

LE DUC.

A minuit, si cela vous convient.

D'AUVRAY.

Et comment la chose sera-t-elle prouvée ?

LE DUC.

Eh! pardieu! je vous jetterai un billet par sa fenêtre; ce n'est pas plus difficile que cela.

D'AUMONT.

Tope !

D'AUVRAY.

Je suis de moitié.

LE DUC.

C'est bien entendu; la première fille, femme ou

veuve que nous voyons, soit dans le château, soit
en sortant du château, à une condition cependant.

D'AUMONT.

Laquelle?

LE DUC.

C'est qu'elle sera jolie.

D'AUVRAY.

Cela va sans dire.

DEUXIÈME LAQUAIS.

Mme la marquise de Prie.

LE DUC.

Ah! celle-ci ne compte pas, messieurs, je vous
volerais votre argent.

SCENE VI.

LES PRÉCÉDENS, LA MARQUISE, *entrant, suivie d'un laquais qui porte son livre d'heures.*

LA MARQUISE.

Pardon, messieurs, pardon. J'ai été empêchée ce
matin, et maintenant il faut que j'aille à la messe;
demain il y a soirée au château, vous entendez.

D'AUMONT, saluant.

Marquise.

LA MARQUISE, au Duc.

Revenez dans une heure, il faut que je vous parle.

LE DUC.

Merci.

D'AUVRAY.

Et madame la marquise ne nous recevra pas demain matin pour nous dédommager de sa rigueur d'aujourd'hui ?

LA MARQUISE.

Impossible, chevalier ; demain matin j'accompagne M. le Duc à Paris et ne serai de retour que pour le bal ! Adieu, duc ; messieurs, à demain.

Elle sort par la porte opposée ; le laquais la suit.

D'AUVRAY.

Eh bien ! que disions-nous, duc ? la marquise à la messe ; si cela continue, Mme de Parabère mourra aux Carmélites.

D'AUMONT.

Eh ! messieurs, messieurs ! nous ne faisons pas attention.

Mlle de Belle-Isle passe par la galerie.

LE DUC.

Mlle de Belle-Isle.

D'AUVRAY.

Ah ! ah ! ceci paraît vous gêner.

D'AUMONT.

Cette fois, tu ne nous voleras pas notre argent.

LE DUC.

Non; mais j'espère vous le gagner.

D'AUVRAY.

Allons donc, va pour mille louis.

D'AUBIGNY, s'avançant.

Un instant, messieurs, c'est moi qui tiens le pari.

LE DUC.

Vous ?

D'AUBIGNY.

Oui, moi.

D'AUMONT.

Et comment cela?

D'AUBIGNY.

Parce que j'en ai le droit : j'épouse dans trois jours celle que M. le duc de Richelieu doit déshonorer dans les vingt-quatre heures.

FIN DU PREMIER ACTE.

ACTE DEUXIÈME.

ACTE DEUXIÈME.

Même Décoration.

SCENE PREMIERE.

LA MARQUISE *et* LE DUC, *entrant.*

LA MARQUISE.

Et vous avez tenu le pari ?

LE DUC.

Je l'ai tenu.

LA MARQUISE.

Quelle folie!

LE DUC.

Ai-je la réputation d'un homme sage ?

4

LA MARQUISE.

Vous avez perdu.

LE DUC.

J'ai jusqu'à demain, onze heures du matin, et il n'est encore que cinq heures du soir.

LA MARQUISE.

Et avec qui avez-vous fait cette belle gageure?

LE DUC.

Je vous le dirai quand j'aurai gagné ; qu'il vous suffise de savoir que je défends vos intérêts, que je suis fidèle à ma parole : aussi je réclame la vôtre.

LA MARQUISE.

Ma parole?

LE DUC.

Oui, n'avez-vous pas promis de m'aider dans tout ce que j'entreprendrais?

LA MARQUISE.

Si fait.

LE DUC.

Eh bien! je compte sur vous.

LA MAQRUISE.

Et vous avez raison.

LE DUC.

Vous me dites cela de manière...

LA MARQUISE.

Comment donc? n'est-ce point parole engagée ?

LE DUC.

Adieu, marquise.

LA MARQUISE.

Vous me quittez ?

LE DUC.

Je vais reconnaître la place.

LA MARQUISE.

Elle loge?

LE DUC.

Hôtel du Soleil.

LA MARQUISE.

Oh! oui, je m'en souviens maintenant; elle me l'a dit ce matin.

LE DUC.

Un brave homme d'hôtelier qui nous vole de père en fils depuis trois générations, et qui n'aura rien à me refuser.

LA MARQUISE.

Allez, et revenez vite ; vous savez que M. le Duc a des dépêches à vous remettre.

LE DUC.

Et puis, il faut que je vous tienne au courant.

LA MARQUISE.

Au revoir. (Le Duc sort.) Mariette ?

SCENE II.

LA MARQUISE, MARIETTE, *sortant d'un cabinet à gauche du spectateur.*

LA MARQUISE.

Vous étiez là ?

MARIETTE.

Je n'ai rien écouté.

LA MARQUISE.

Ce qui veut dire que vous avez tout entendu.

MARIETTE.

Oh ! mais bien malgré moi.

LA MARQUISE.

Que dites-vous du duc ?

MARIETTE.

Je dis que, pour un homme amoureux comme il l'était, il s'est bien vite consolé d'avoir reçu la moitié de son sequin.

LA MARQUISE.

N'était-ce pas chose convenue ?

MARIETTE.

Et madame la marquise ne lui en veut pas un peu de cette fidélité à observer ses conventions ?

LA MARQUISE.

Oh ! si fait !

MARIETTE.

A la bonne heure. Madame la marquise ne serait pas femme.

LA MARQUISE.

Le fat ! venir tout me dire, sous la seule promesse que je ne révèlerai rien à Mlle de Belle-Isle !

MARIETTE.

C'est mettre madame la marquise au défi.

LA MARQUISE.

Et croire qu'il peut compter sur moi pour cela !

MARIETTE.

J'espère qu'il s'est trompé.

LA MARQUISE.

Oh ! oui. D'ailleurs c'est une bonne œuvre que de protéger une femme isolée, sans appui, sans expérience... contre les attaques d'un homme aussi corrompu que M. le duc de Richelieu.

MARIETTE.

Certainement que c'est une bonne œuvre ; et une bonne œuvre en rachète deux mauvaises, dit M. de Fréjus.

LA MARQUISE.

Qu'entendez-vous par là, mademoiselle ?

MARIETTE.

Qu'au jour du jugement, madame la marquise me donnera ce qu'elle en aura de trop.

LA MARQUISE.

Vous avez bien de l'esprit pour une femme de chambre.

MARIETTE.

Ce n'est pas ma faute, madame la marquise, l'esprit
se gagne. Je le savais en entrant chez vous ; c'est
pour cela que je n'ai pas été difficile sur les gages....
Ah! à la place de madame la marquise...

LA MARQUISE.

Eh bien ?

MARIETTE.

Non seulement je ferais une bonne action, mais
encore je trouverais moyen de mystifier M. de Richelieu, ce qui serait encore une action meilleure.

LA MARQUISE.

Eh ! ne voyez-vous pas que c'est à cela que je
pense ?

MARIETTE.

Est-ce trouvé ?

LA MARQUISE.

A peu près.

LE LAQUAIS.

Mlle de Belle-Isle.

LA MARQUISE.

Elle arrive à merveille. (Au Laquais.) Faites entrer.

SCENE III.

LA MARQUISE, MARIETTE, Mlle DE BELLE-ISLE.

Mlle DE BELLE-ISLE.

Pardon, madame... mais je n'ai pu résister à mon impatience; car j'ai espéré que vous excuseriez cette nouvelle importunité. Avez-vous vu M. le duc de Bourbon ?

LA MARQUISE.

Oui, mon enfant ; mais je n'ai pas été heureuse.

Mlle DE BELLE-ISLE.

Oh! mon Dieu! que me dites-vous, madame?

LA MARQUISE.

M. le Duc est fortement prévenu.

Mlle DE BELLE-ISLE.

Madame, je suis bien malheureuse de ne pas avoir reçu du ciel la faculté de faire passer dans votre ame la conviction qu'il a mise dans la mienne... Oh! si vous saviez...

LA MARQUISE.

Eh! mon Dieu, ce n'est pas moi que vous avez

besoin de convaincre... je suis toute convaincue,
mais c'est M. le duc de Bourbon. Tenez, il y a un
homme qui possède une grande influence sur lui,
et qui, s'il voulait se charger de votre cause, la plai-
derait d'une voix si puissante que je suis sûre qu'il
la gagnerait.

Mlle DE BELLE-ISLE.

Oh! quel est cet homme? dites-le moi, madame,
et partout où il sera, j'irai le trouver.

LA MARQUISE.

Vous n'aurez pas besoin de quitter Chantilly
pour cela.

Mlle DE BELLE-ISLE.

Il est ici?

LA MARQUISE.

Ici-même... Mais, au fait, j'oubliais... vous le
connaissez.

Mlle DE BELLE-ISLE.

Son nom, madame?

LA MARQUISE.

C'est M. le duc de Richelieu.

Mlle DE BELLE-ISLE.

Je suis sauvée alors: il a été déjà si bon pour

moi à Versailles ! et ici même, madame, vous vous rappelez, ce matin encore !

LA MARQUISE.

C'est vrai. Eh bien ! il faut lui écrire pour lui demander un rendez-vous.

Mlle DE BELLE-ISLE.

Oh ! mais, voyez si ce n'est pas un présage heureux ! nous nous sommes rencontrés dans notre espérance : vous me dites qu'il faut lui écrire, je l'ai fait.

LA MARQUISE.

Et vous avez envoyé la lettre ?

Mlle DE BELLE-ISLE.

Non, je voulais vous la montrer... vous demander si c'était une chose convenable pour moi que de solliciter un rendez-vous de M. le duc de Richelieu ?

LA MARQUISE.

Comment ! mais le motif est assez sacré pour vous mettre à l'abri de toute fausse interprétation.

Mlle DE BELLE-ISLE.

C'est ce que j'ai pensé, madame.

LA MARQUISE.

D'ailleurs, ce rendez-vous, vous pouvez le demander ici... chez moi.

Mlle DE BELLE-ISLE.

Oh! si vous le permettez...

LA MARQUISE.

Comment donc!

Mlle DE BELLE-ISLE.

Où le trouvera-t-on?

LA MARQUISE.

Je le ferai chercher.

Mlle DE BELLE-ISLE.

Que vous êtes bonne!

LA MARQUISE.

Mais mieux que cela encore.

Mlle DE BELLE-ISLE.

Quoi?

LA MARQUISE.

Comment n'y ai-je pas songé plus tôt? Vous êtes seule ici, n'est-ce pas? vous me l'avez dit du moins.

Mlle DE BELLE-ISLE.

Toute seule.

LA MARQUISE.

Dans un hôtel ?

Mlle DE BELLE-ISLE.

Oui.

LA MARQUISE.

Dans un hôtel exposé à tous les inconvéniens d'une pareille maison. Vous ne pouvez pas rester dans un hôtel.

Mlle DE BELLE-ISLE.

Je ne connais personne à Chantilly, madame.

LA MARQUISE.

Oublieuse que vous êtes!... ne suis-je pas là moi?

Mlle DE BELLE-ISLE.

Vous!

LA MARQUISE.

Oui, moi! quand j'entreprends une affaire, c'est pour la mener à bien. Je me suis compromise, je n'en aurai pas le démenti; nous assiégeons M. le duc de Bourbon jusqu'à ce qu'il se rende... Eh bien! pour commencer, j'introduis l'ennemi dans la place... vous logerez ici.

Mlle DE BELLE-ISLE.

Qu'ai-je donc fait pour mériter tant de bienveillance, moi qui tremblais de venir réclamer votre protection?... Mais je ne puis accepter l'offre que vous me faites, madame.

LA MARQUISE.

Et pourquoi donc cela, je vous prie? Voyez un peu le dérangement que cela me cause!... je vous cède ces deux chambres et ce cabinet de travail, et je prends l'appartement à côté : nous serons porte à porte, comme deux bonnes amies.

Mlle DE BELLE-ISLE.

Oh! madame la marquise! mon Dieu! si vous saviez quelle joie vous versez dans mon cœur!... Je suis si sûre que, si vous voulez, toutes choses iront au mieux!...

LA MARQUISE.

J'ai déjà commencé , je l'espère... et quand nous serons l'une à côté de l'autre, nous aurons bien mauvaise chance si nous ne réparons pas les malheurs passés, et si nous ne parons pas aux malheurs à venir!... Mais l'important en pareille affaire est de ne point perdre de temps... allez donc à votre hôtel, et faites transporter ici tout ce qui vous appartient. (Elle sonne, et Mariette paraît). Demandez s'il y a une voiture attelée. (A Mlle de Belle-Isle.) Je vais envoyer votre billet au duc.

MARIETTE.

Oui, madame la marquise.

LA MARQUISE.

Conduisez-y mademoiselle, et restez à ses ordres.

Mlle DE BELLE-ISLE.

Je ne sais comment vous remercier.

Elle veut baiser la main de la marquise.

LA MARQUISE.

Que faites-vous donc? (Elle l'embrasse au front.) Vous me retrouverez ici. Adieu.

Mlle de Belle-Isle sort, suivie du domestique.

SCENE IV.

LA MARQUISE, MARIETTE.

LA MARQUISE ouvre le billet et lit.

Vraiment, je ne connais rien de plus imprudent que la reconnaissance : il n'y a que deux mots à changer à cette lettre pour que M. le duc de Richelieu, grâce à la bonne opinion qu'il a de lui-même, y voie percer un autre sentiment. Vous ne connaissez pas mon écriture, monsieur le duc, cela tombe à merveille, car nous allons peut-être avoir, sous le couvert de Mlle de Bellisle, une assez longue correspondance. Mariette.

MARIETTE.

Madame la marquise.

LA MARQUISE.

Restez ici, et si M. le duc vient, vous le prierez d'avoir patience, dans cinq minutes je suis à lui.

Elle entre dans le cabinet.

MARIETTE.

Certainement, madame la marquise! si j'attendrai M. le duc de Richelieu?... je crois bien, il y a toujours quelque chose à gagner à l'attendre.

SCENE V.

MARIETTE, LE DUC.

LE DUC, à la porte.

Eh bien! la marquise?

MARIETTE.

Pardon, monsieur le duc, elle est là, et va revenir.

LE DUC.

Ah! ah! c'est toi, Mariette?

MARIETTE.

Oui, monsieur le duc.

LE DUC.

Mais je crois, Dieu me pardonne, que je ne t'ai jamais rien donné, mon enfant.

MARIETTE.

J'en demande excuse à monsieur le duc : il m'a donné vingt-cinq louis la première fois qu'il est passé par la porte secrète.

LE DUC.

Voilà tout?

MARIETTE.

Et puis cette bague, la dernière fois qu'il est sorti par la même porte.

LE DUC.

Cette bague, un pauvre diamant qui vaut à peine cent pistoles! Mais je me suis conduit en véritable croquant, ma chère... Tiens, mon enfant, tiens.

Il lui donne sa bourse en lui passant le bras autour du cou.

MARIETTE.

Ah! monsieur le duc, merci.

SCENE VI.

LE DUC, MARIETTE, LA MARQUISE.

LA MARQUISE.

Eh bien, duc! que faites-vous donc à cette fille?

LE DUC.

Je prends congé d'elle, madame la marquise, et je lui paie ses gages.

LA MARQUISE.

Allez, mademoiselle. (Mariette sort.) Il paraît que les choses vont à votre gré, monsieur le duc.

LE DUC.

Qui vous fait croire cela?

LA MARQUISE.

C'est que l'on n'est pas si généreux lorsque l'on est de mauvaise humeur !

LE DUC.

Le fait est que je ne suis pas mécontent.

LA MARQUISE.

Eh bien, duc ! je vais encore augmenter vos espérances.

LE DUC.

Et comment cela ?

LA MARQUISE.

Mlle de Belle-Isle sort d'ici.

LE DUC.

Vraiment ?

LA MARQUISE.

Elle vous cherchait.

LE DUC.

Bah !

LA MARQUISE.

Et ne vous trouvant pas...

LE DUC.

Eh bien !

LA MARQUISE.

Elle a laissé...

LE DUC.

Quoi?

LA MARQUISE.

Ceci.

LE DUC.

Une lettre?

LA MARQUISE.

Une lettre.

LE DUC.

Pour moi?

LA MARQUISE.

Pour vous.

LE DUC.

Que me veut-elle?

LA MARQUISE.

Elle désire un rendez-vous.

LE DUC.

Pardieu! cela tombe à merveille, j'allais lui en demander un!

LA MARQUISE.

Vous le voyez, la fortune vient au-devant de vous.

LE DUC.

Et qui me vaut cette grâce?

LA MARQUISE.

Votre mérite, d'abord ; ensuite on lui a dit que vous aviez grande influence sur le duc de Bourbon, et elle vient vous prier de vouloir bien l'employer en sa faveur.

LE DUC.

Comment donc! mais je suis à ses ordres; j'en ai, au reste, déjà touché deux mots.

LA MARQUISE.

Et comment avez-vous trouvé le duc?

LE DUC.

Assez mal disposé.

LA MARQUISE.

Oh! vous savez, avec de la persistance on obtient tout de lui : le duc d'Orléans donnait, le duc de Bourbon laisse prendre.

LE DUC.

A propos, il m'a mandé?

LA MARQUISE.

Non, pas encore ; mais cela ne peut tarder : attendez-le ici.

LE DUC.

Vous me quittez ?

LA MARQUISE.

J'ai quelques ordres à donner pour un déménagement ; je cède cette chambre à une amie.

LE DUC.

Faites, marquise.

LA MARQUISE.

Au revoir, duc.

SCENE VII.

LE DUC, *seul.*

Voyons ce que me dit Mlle de Belle-Isle. (Lisant.) « Monsieur le duc de Richelieu serait-il assez bon » pour accorder le plus tôt possible à Mlle de Belle- » Isle la faveur d'un moment d'entretien ? » Mais la faveur sera pour moi , ma toute belle : ces provinciales ont des mots d'une naïveté charmante !

« Mlle de Belle-Isle espère ne pas s'être trompée en
» comptant sur sa protection, en échange delaquelle
» elle lui promet une reconnaissance sans bornes.»
C'est marché fait, ma belle solliciteuse ; vous aurez ma protection, et j'aurai votre reconnaissance... C'est égal, le billet n'est pas tremblé, pour
une ingénue... Voyons, au reste... il y a quelque
chose, dans la manière dont la marquise me sert,
qui ne me paraît pas de bon aloi... Ne nous laissons
pas jouer comme un enfant... La lettre m'a été
remise par Mme de Prie, assurons-nous qu'elle
nous vient de Mlle de Belle-Isle. La voici.

SCENE VIII.

LE DUC, Mlle DE BELLE-ISLE.

Mlle DE BELLE-ISLE.

Monsieur le duc de Richelieu...

LE DUC.

Mais je crois qu'elle tremble, Dieu me damne !

Mlle DE BELLE-ISLE.

Pardon, monsieur le duc, mais je l'avoue, je ne

puis me défendre d'une certaine émotion à votre aspect.

Et de quelle manière dois-je l'interpréter, mademoiselle?

Mlle DE BELLE-ISLE.

D'une manière bien simple, mon Dieu! c'est que je ne puis vous voir sans me dire que vous êtes peut-être l'homme destiné à mettre fin à tous mes malheurs. Est-ce le hasard seulement qui vous a ramené pour moi de Vienne, où vous résidiez depuis deux ans, afin que je vous rencontre à Versailles, puis à Chantilly? Les affligés sont superstitieux, monsieur le duc, et je sais que vous ne vous défendez pas vous-même de croire aux pressentimens.

LE DUC.

Aux pressentimens, mademoiselle! mais je serais trop ingrat si je n'y croyais point, surtout depuis trois jours; oui, oh! oui, je crois comme vous aux pressentimens, et je serai bien malheureux si les miens me trompent.

Mlle DE BELLE-ISLE.

Madame la marquise a eu la bonté de vous remettre un billet.

LE DUC.

Qu'elle m'a dit être de vous. Je dois beaucoup à
Mme de Prie; car, sans doute, c'est elle qui vous a
suggéré l'idée de vous adresser à moi.

Mlle DE BELLE-ISLE.

Non, monsieur le duc, je veux être franche; j'y
avais pensé avant qu'elle ne m'en parlât. Prenez-
vous-en à vous-même de mon importunité; mais
j'ai songé que vous ne voudriez pas sitôt me ravir
les espérances conçues. Monsieur le duc, on vous
dit tout-puissant; ce que je sollicite, vous le savez,
c'est la liberté d'un père et de deux frères. Le bonheur de toute une famille est entre vos mains.

LE DUC.

Il ne tiendra pas à moi que votre double dévouement, mademoiselle, n'obtienne la récompense qu'il
mérite; mais ce que vous sollicitez dépend d'une
volonté plus haute que la mienne : je ne puis être
que l'intermédiaire entre la beauté et la puissance.
Veuillez me donner un placet; écrivez-le, comme
vous parlez, avec votre ame, et aujourd'hui même
je le remettrai au duc de Bourbon.

LE LAQUAIS.

Les dépêches que monsieur le duc de Richelieu
attendait sont prêtes.

LE DUC.

Vous le voyez, il faut que je vous quitte un instant. Mille pardons, mademoiselle. Voici tout ce qu'il faut pour écrire; dans quelques minutes je reviens.

Mlle DE BELLE-ISLE.

Comment vous remercierai-je jamais?

LE DUC.

En me donnant une place parmi vos amis.

Mlle DE BELLE-ISLE.

Oh! monsieur le duc...

LE DUC.

Écrivez. (En sortant.) De cette manière, je saurai bien si le billet est d'elle.

SCENE IX.

Mˡˡᵉ DE BELLE-ISLE, *puis* LA MARQUISE.

Mˡˡᵉ DE BELLE-ISLE, écrivant.

Mon Dieu! que me disait-on de la cour? que je n'y trouverais que des êtres envieux et méchans!... (Elle s'interrompt pour continuer d'écrire.) Je ne me suis encore adressée qu'à deux personnes, et l'une est devenue pour moi une amie, et l'autre un frère.

LA MARQUISE, entrant et venant s'appuyer sur le fauteuil.

Que faites-vous donc, ma chère?

Mˡˡᵉ DE BELLE-ISLE.

Ah! c'est vous! Vous le voyez, j'adresse un placet à M. le premier ministre.

LA MARQUISE.

Qui vous a dit d'employer ce moyen?

Mˡˡᵉ DE BELLE-ISLE.

M. de Richelieu.

LA MARQUISE.

Et vous envoyez ce placet directement?

Mlle DE BELLE-ISLE.

Non, il se charge de le remettre.

LA MARQUISE.

Et quand cela?

Mlle DE BELLE-ISLE.

Tout-à-l'heure il va revenir le chercher.

LA MARQUISE, à part.

Il se doute de quelque chose. Voyons donc comment vous vous y prenez. Oh! mais ce n'est pas comme cela, ma chère; il y a des formules d'usage que vous négligez.

Mlle DE BELLE-ISLE.

Seriez-vous assez bonne pour me les indiquer?

LA MARQUISE.

Je ferai mieux. Cédez-moi votre place, je vais vous l'écrire, moi.

Mlle DE BELLE-ISLE.

Oh! vraiment! mais ne craignez-vous pas que M. le duc de Bourbon ne reconnaisse que c'est vous-même?...

LA MARQUISE.

Croyez-vous que cela nuise à votre cause?... Voyons, donnez-moi votre place, et regardez si le duc de Richelieu ne vient pas; il est inutile qu'il sache, lui, que je vous rends ce petit service.

Mlle DE BELLE-ISLE, ouvrant la porte latérale.

Je ne vois personne.

LA MARQUISE.

Bien. Les noms de votre père ?

Mlle DE BELLE-ISLE.

Charles-Louis-Auguste Fouquet de Belle-Isle.

LA MARQUISE.

Ses titres ?

Mlle DE BELLE-ISLE.

Duc de Gisors, marquis de Belle-Isle-en-mer, comte des Andelys et de Vernon.

LA MARQUISE.

Et vos deux frères, quels grades occupent-ils ?

Mlle DE BELLE-ISLE.

L'un est capitaine, l'autre est lieutenant des armées du roi.

LA MARQUISE.

Et ils sont en prison ?

Mlle DE BELLE-ISLE.

Mon père depuis trois ans, mes frères depuis quinze mois.

LA MARQUISE.

C'est bien ; nous rendrons la liberté à tous ces pauvres prisonniers, allez.

Mlle DE BELLE-ISLE.

Oh ! madame la marquise, puissiez-vous dire vrai !

LA MARQUISE.

Voilà qui est fait, tenez, et selon toutes les règles de l'étiquette.

MARIETTE, à la porte de la chambre à coucher.

Quand mademoiselle voudra prendre possession de la chambre, elle est entièrement disposée.

LA MARQUISE.

Tout-à-l'heure : mademoiselle attend quelqu'un ; ne vous éloignez pas.

MARIETTE.

Je serai là : si madame la marquise a besoin de moi, elle n'a qu'à sonner.

LA MARQUISE.

C'est bien, laissez-nous.

SCENE X.

Les Mêmes, LE DUC.

LE DUC, sur la porte regardant les deux femmes.

Ensemble!

LA MARQUISE.

Le duc!

Elle ouvre un livre.

LE DUC.

Désolé de vous avoir fait attendre, mademoiselle.

Mlle DE BELLE-ISLE.

Ne vous excusez pas, monsieur le duc, cette pétition est à peine finie, et si vous voulez bien vous en charger...

LE DUC.

Certainement.

Mlle DE BELLE-ISLE.

La voilà.

LE DUC, l'ouvrant.

La même écriture, le billet était d'elle. (Haut.) Vous voudrez bien, mademoiselle, m'accorder la faveur d'aller vous donner aujourd'hui même des nouvelles des tentatives que j'aurai faites.

Mlle DE BELLE-ISLE.

Demandez à madame la marquise, monsieur le duc, c'est d'elle que dépend la permission.

LE DUC.

Comment cela?

Mlle DE BELLE-ISLE.

Madame la marquise a la bonté de me loger au château pendant tout le temps que je resterai à Chantilly.

LE DUC.

Ah! ah!

Mlle DE BELLE-ISLE.

Elle se prive de son appartement pour moi.

LE DUC.

Vraiment? alors cette amie que vous attendiez, marquise...

LA MARQUISE.

C'était mademoiselle, monsieur le duc: vous comprenez, il n'était ni convenable ni même prudent que Mlle de Belle-Isle, seule et isolée comme elle l'est, demeurât dans un hôtel.

LE DUC.

Non, sans doute; et vous avez raison, marquise, et c'est très-bien fait à vous; mais cela ne changera rien, j'espère, à nos arrangemens, et vous ne me refuserez pas, marquise, la permission de rendre compte à mademoiselle de mes démarches.

LA MARQUISE.

Comment donc! elle est chez elle, et peut vous recevoir à sa volonté.

LE DUC.

Alors c'est de vous que j'implore cette grâce.

Mlle DE BELLE-ISLE.

Venez quand vous voudrez, monsieur le duc, vous serez toujours attendu comme un ami et reçu comme un sauveur.

LE DUC.

Peut-être ne verrai-je M. de Bourbon qu'un peu tard.

Mlle DE BELLE-ISLE.

J'ai depuis trois ans veillé si souvent dans la crainte et dans les larmes, qu'il me sera doux de veiller aujourd'hui dans l'espérance et dans la joie.

LE DUC.

Ainsi donc, à ce soir, mademoiselle.

Mlle DE BELLE-ISLE.

A ce soir, monsieur le duc.

LE DUC.

Les choses que j'aurai à vous répéter sont peut-être de celles que l'on ne peut dire devant témoins.

Mlle DE BELLE-ISLE.

Je tâcherai que nous soyons seuls, monsieur le duc.

LE DUC.

Vous êtes charmante.

Mlle de Belle-Isle rentre chez elle.

SCENE XI.

LE DUC, LA MARQUISE.

LE DUC, allant s'appuyer sur le dossier de la chaise de la Marquise.

Ah! ah! voilà comme vous tenez votre parole, marquise?

LA MARQUISE.

Et en quoi donc y ai-je manqué, duc?

6

LE DUC.

Vous promettez de me servir dans mes projets, et vous contreminez ma première combinaison.

LA MARQUISE.

Une combinaison fondée sur la vénalité d'un maître d'auberge! fi donc! c'était trop facile et devenait indigne de vous... Ici, à la bonne heure; il n'y aura ni surprise ni trahison! il faudra obtenir, car il n'y aura pas moyen de prendre. Au reste, je ne doute pas que vous obteniez.

LE DUC.

Mais ni moi non plus, marquise, s'il faut vous le dire; et je vous remercie de m'avoir donné cette occasion d'avoir recours à mes anciennes ressources; je m'étais rouillé chez mes bons Allemands.

LA MARQUISE.

Vous ne perdez donc pas l'espoir de réussir, quoique je sois passée à l'ennemi?

LE DUC.

Non, si toutefois vous voulez combattre comme je le fais moi-même, loyalement.

LA MARQUISE.

Et qu'exigez-vous de ma loyauté?

LE DUC.

Le secret le plus profond d'abord.

LA MARQUISE.

C'est déjà promis.

LE DUC.

A dix heures vous quitterez Mlle de Belle-Isle.

LA MARQUISE.

Je m'y engage.

LE DUC.

Enfin, de dix heures à minuit, Mlle de Bellisle demeurera seule.

LA MARQUISE.

Précisément je pars pour Paris ce soir, je précède le duc au lieu de l'accompagner.

LE DUC.

Eh bien ! c'est tout ce que je demande, moi.

LA MARQUISE.

A mon tour.

LE DUC.

C'est trop juste.

LA MARQUISE.

Vous ne mettrez aucun valet du château dans la coufidence de vos projets.

LE DUC.

Aucun.

LA MARQUISE.

Vous n'emploierez ni philtre ni breuvage, comme vous l'avez fait plus d'une fois, duc.

LE DUC.

Je renonce à ce moyen.

LA MARQUISE.

Enfin, vous me remettrez la clef de cette porte secrète.

LE DUC.

Je ne demanderais pas mieux, marquise; mais, dans mon empressement à suivre Mlle de Belle-Isle, je l'ai oubliée à Paris.

LA MARQUISE.

Ah!

LE DUC.

C'est comme je vous le dis.

LA MARQUISE.

Votre parole d'honneur?

LE DUC.

Foi de Richelieu.

LA MARQUISE.

Vous êtes adorable d'impertinence, mon cher duc.

LE DUC.

Madame la marquise me gâte.

LA MARQUISE.

Vous permettez que je dise un mot à Mariette?

LE DUC.

Vous permettez que je donne un ordre à Germain?

LA MARQUISE, à la porte droite.

Mariette !

LE DUC, à la porte gauche.

Germain!

LA MARQUISE, à Mariette.

Faites préparer ma voiture de voyage, celle qui n'a point d'armoiries, et qu'elle attende toute attelée à la petite porte du parc.

MARIETTE.

Bien, madame la marquise.

Elle rentre.

LE DUC à Germain.

Crève mes deux meilleurs chevaux, et que j'aie avant dix heures du soir une petite clef que tu trouveras à Paris, sur la cheminée de ma chambre à coucher, dans une coupe d'améthyste.

GERMAIN.

Cela sera fait, monsieur le duc,

Il rentre.

LA MARQUISE.

Vous persistez dans votre projet

LE DUC.

On a gagné des batailles plus désespérées.

LA MARQUISE.

Et contre de meilleurs généraux, n'est-ce pas ?

LE DUC.

Je ne dis point cela ; car j'ai affaire, cette fois, à la jeunesse réunie à..... l'expérience.

LA MARQUISE.

A ce soir donc, mon cher duc.

LE DUC, lui baisant la main.

A ce soir, ma chère marquise.

Le Duc sort.

SCENE XII.

LA MARQUISE.

Oui, monsieur le duc… mais vous perdrez celle-ci, je vous en réponds. Ah! vous êtes parti si vite de Paris, que vous avez oublié la clef qu'aux autres voyages vous aviez si grand soin de prendre! Fat! Eh bien! faute de cette clef, vous passerez la nuit dans la rue, monsieur le duc : nous sommes au mois de juin, le temps est beau, et cela ne peut pas faire de mal à votre chère santé, qui nous est si précieuse à toutes.

SCENE XIII.

LA MARQUISE, Mlle DE BELLE-ISLE.

LA MARQUISE.

Ah! venez, ma toute belle.

Mlle DE BELLE-ISLE.

Auriez-vous quelque chose de nouveau à me dire, madame?

LA MARQUISE.

Peut-être. Tout-à-l'heure, en causant avec le duc, je pensais à vous, à la longueur des démarches qu'il vous faudrait faire.

Mlle DE BELLE-ISLE.

Oh! j'aurai du courage pour tout, même pour l'attente.

LA MARQUISE.

Pauvre chère! quelle résignation! et il y a bien long-temps que vous n'avez vu votre père?

Mlle DE BELLE-ISLE.

Il y a trois ans, madame... pas depuis son entrée en prison.

LA MARQUISE.

Trois ans !... et vous n'avez pas sollicité un laissez-passer pour la Bastille?

Mlle DE BELLE-ISLE.

Oh! madame, j'ai prié, supplié, et jamais on n'a voulu m'accorder cette grâce. Comprenez-vous? refuser à une fille la faveur d'embrasser son père! sans doute que ceux à qui je me suis adressée n'avaient point d'enfans!

LA MARQUISE.

Et vous seriez heureuse de revoir M. de Belle-Isle?

Mᴵˡᵉ DE BELLE-ISLE.

Vous le demandez ?

LA MARQUISE.

Bien heureuse ?

Mᴵˡᵉ DE BELLE-ISLE.

Ah !

LA MARQUISE.

La personne qui vous procurerait ce bonheur
pourrait compter sur votre discrétion ?

Mᴵˡᵉ DE BELLISLE.

Que me dites-vous là , et quelle espérance me
donnez-vous, madame? Moi, moi... je pourrais
revoir mon père... entrer tout-à-coup dans sa
prison !... au moment où il me croirait loin de lui,
je pourrais me jeter dans ses bras en criant :
Mon père, c'est moi !... mon père ! me voilà !... Oh !
madame, pardon ! tenez, tenez ; je vous le demande
à genoux, que faut-il faire pour obtenir une pareille grâce?

LA MARQUISE , la relevant.

Écoutez.

Mᴵˡᵉ DE BELLE-ISLE.

Ah ! oui, oui, j'écoute.

LA MARQUISE.

Faites attention que nous jouons ici avec des positions et des existences.

Mlle DE BELLE-ISLE.

Oui, madame : je sais que tout ceci est grave et sérieux ; ne craignez donc rien.

LA MARQUISE.

Le gouverneur de la Bastille est de mes amis ; je puis vous donner une lettre pour lui.

Mlle DE BELLE-ISLE.

Une lettre pour lui, madame ! et avec cette lettre...

LA MARQUISE.

Vous verrez votre père. Il vous faut deux heures et demie à peine pour aller à Paris : vous partirez à dix heures, vous arriverez à minuit et quelque chose ; vous resterez jusqu'à trois heures avec le comte de Belle-Isle, et vous serez revenue ici avant que personne ne soit levé encore.

Mlle DE BELLE-ISLE.

Comment ! ce serait pour aujourd'hui, madame ! ce serait pour ce soir ! je verrais cette nuit mon père, que je n'ai pas vu depuis trois ans !... Oh ! mais ayez pitié de moi, car c'est à me rendre folle de bonheur.

LA MARQUISE.

Tout cela cependant est à une condition que vous comprenez.

Mlle DE BELLE-ISLE.

Dites, dites.

LA MARQUISE.

Songez à ce que je fais ! Je prends sur moi d'ouvrir devant vous une prison d'état qui ne s'ouvre qu'à la voix du premier ministre ou devant la signature du roi.

Mlle DE BELLE-ISLE.

Oui, je comprends, et je vous en remercie !

LA MARQUISE.

Ce que je fais pour vous, songez-y, je ne l'ai jamais fait pour personne. M. de Bourbon l'ignore. Jaloux de son autorité comme il l'est, il ne me pardonnerait pas de m'y être soustraite ; M. de Belle-Isle est au secret le plus absolu ; sa liberté, sa vie dépendent de votre fidélité à garder votre serment ; une indiscrétion, et M. de Belle-Isle est perdu !

Mlle DE BELLE-ISLE.

Grand Dieu !

LA MARQUISE.

Oui ; rappelez-vous Fouquet : il pourrait arriver du fils comme du père ! Jurez-moi donc que, tant que M. de Bourbon sera ministre, vous ne direz à personne que vous avez vu votre père. Pour tout le monde, vous aurez passé la nuit au château ; songez-y bien avant de vous engager.

Mlle DE BELLE-ISLE.

Madame, par ce qu'il y a de plus sacré au monde, sur la vie de mon père, je vous jure, que tant que M. le Duc sera ministre, personne ne saura que j'ai revu mon père, et que pour le revoir j'ai quitté le château cette nuit.

LA MARQUISE.

Eh bien ! voilà qui est dit. Vous n'avez pas de temps à perdre : vous prendrez une de mes voitures, des chevaux de poste, et vous serez de retour ici à six heures du matin, par la petite porte du parc.

Mlle DE BELLE-ISLE.

Oh ! madame, qu'ai-je donc fait pour tant de bontés ?

LA MARQUISE.

Rien ; je vous aime, voilà tout. De la discrétion.

Mlle DE BELLE-ISLE.

Oh ! soyez tranquille.

LA MARQUISE.

Tenez-vous prête dans un instant.

Mlle DE BELLE-ISLE.

Tout de suite.

LA MARQUISE.

Il me faut le temps de tout préparer.

Mlle DE BELLE-ISLE.

Pardon !

La Marquise sort.

SCENE XIV.

Mlle DE BELLE-ISLE, *puis* LE CHEVALIER D'AUBIGNY.

Mlle DE BELLE-ISLE.

Oh ! revoir mon père, mon Dieu, quel bonheur !
Oh ! mais c'est un ange pour moi que la marquise !...

LE LAQUAIS.

M. le chevalier d'Aubigny.

Mlle DE BELLE-ISLE.

D'Aubigny ! et pour la première fois de ma vie,

avoir un secret qui ne soit pas à nous deux! Faites entrer. (Le chevalier entre, elle va à lui, lui tend la main.) Bonjour, Raoul.

D'AUBIGNY.

Qu'avez-vous, Gabrielle? vous paraissez bien joyeuse!

Mlle DE BELLE-ISLE.

Ce que j'ai... j'ai le cœur plein d'espoir, Raoul ; car depuis que je suis arrivée, tout semble me réussir et marcher au-devant de moi. Ah! nous sauverons mon père, nous sauverons mes frères, et nous serons doublement heureux; heureux de notre amour, heureux de leur bonheur. Remerciez Dieu par votre joie, au lieu de l'irriter par vos doutes. Quant à moi, je ne puis vous en dire davantage, mais je prie, je crois et j'espère.

D'AUBIGNY.

Oh! mon Dieu, comment se fait-il que, lorsque vous êtes si confiante et si heureuse, je sois si froid et si triste, moi? Vous voyez tout à travers l'espérance; moi, je vois tout à travers la crainte! Je ne sais pourquoi, mais je suis faible comme un enfant. Vous parlez de toutes ces choses qui viennent au-devant de vous et qui vous rassurent; elles m'effraient, moi. Vous les croyez mues par une puissance supérieure et bienfaisante, je tremble qu'elles ne tiennent à un pouvoir humain et fatal! C'est peut-être une folie, Gabrielle; mais c'est une folie qui fait bien mal et qui mérite qu'on la plaigne à l'égal d'un malheur réel.

Mlle DE BELLE-ISLE.

Ah! vous êtes ingrat envers la Providence, Raoul, dans ce moment-ci surtout.

D'AUBIGNY.

Eh! qu'a-t-elle donc fait pour vous? Dites-moi cela, Gabrielle; voyons, je ne demande pas mieux que d'être rassuré: sur qui comptez-vous pour des jours meilleurs?

Mlle DE BELLE-ISLE.

Sur Mme de Prie, d'abord! qui a été si bonne et si charmante pour moi, qu'elle me traite en amie et presque en sœur... Vous le voyez, elle n'a pas même voulu permettre que je continue d'habiter un hôtel: quelles précautions plus grandes aurait prises une mère pour sa fille?

D'AUBIGNY.

Eh bien! que voulez-vous? les impressions, comme je vous le disais, dépendent sans doute du moment où on les reçoit : il n'y a pas jusqu'à la bonté de Mme de Prie qui ne m'inquiète. Vous ne lui avez point parlé de notre mariage, Gabrielle ?

Mlle DE BELLE-ISLE.

N'est-ce point un secret?

D'AUBIGNY.

Eh bien! gardez-le, surtout ici... J'ai tout lieu de croire que, si la marquise l'apprenait, cela pourrait changer peut-être ses dispositions à votre égard. Mais, dites-moi, n'avez-vous vu que la marquise aujourd'hui?

Mlle DE BELLE-ISLE.

Oh! si fait, Raoul : j'ai vu une autre personne, sur laquelle je compte encore plus que sur la marquise; car elle n'a pas les mêmes craintes de se compromettre.

D'AUBIGNY.

Puis-je vous demander son nom?

Mlle DE BELLE-ISLE.

Sans doute; car son nom n'est point un secret.

D'AUBIGNY.

Enfin?

Mlle DE BELLE-ISLE.

C'est M. le duc de Richelieu.

D'AUBIGNY.

Le duc de Richelieu !

Mlle DE BELLE-ISLE.

Qu'avez-vous ?

D'AUBIGNY.

Le duc de Richelieu ! vous l'avez donc vu aujourd'hui ?

Mlle DE BELLE-ISLE.

Il n'a presque pas quitté le château.

D'AUBIGNY.

Qu'y faisait-il ?

Mlle DE BELLE-ISLE.

Il a travaillé une partie de la journée avec M. le Duc.

D'AUBIGNY.

Et vous devez le revoir encore ?

Mlle DE BELLE-ISLE.

Il m'avait dit qu'il me rendrait compte peut-être d'une démarche qu'il devait tenter.

D'AUBIGNY.

Gabrielle !

7

M^{ll}ₒ DE BELLE-ISLE.

Mon Dieu, vous m'effrayez.

D'AUBIGNY.

Connaissez-vous cet homme auquel vous vous
êtes adressée?

Mlle DE BELLE-ISLE.

Je le connais comme tout le monde le connaît ;
qui ne connaît pas M. de Richelieu ?

D'AUBIGNY.

Et, le connaissant, vous pouvez espérer que la
protection qu'il vous accorde est désintéressée ?

Mlle DE BELLE-ISLE.

Raoul ! peut-être ai-je tort, mais je vous l'a-
vouerai, je ne sais pas voir ainsi le mal à travers
le bien. M. de Richelieu ne s'est offert jusqu'à
présent à moi que comme un ami ; s'il se présente
sous un autre aspect, vous avez bien, je le présume,
assez de confiance en moi pour croire que, si puissante que soit l'influence du duc, j'y renoncerai
dès que sa protection pourra compromettre un
honneur qui n'est plus à moi seule et un nom que
je vais échanger contre le vôtre.

D'AUBIGNY.

Oh ! c'est que, dans votre innocence, vous igno-

rez ce que c'est que cet homme, Gabrielle... Les
ames les plus pures se sont ternies au souffle de
son amour : il n'y a pas une réputation à laquelle
il ait touché sans y laisser une tache. Une fois sa
résolution prise, aucun moyen ne lui coûte pour
arriver au but qu'il s'est proposé; et quelques-uns
des moyens qu'il a employés eussent peut-être
coûté cher à des hommes moins puissans que lui.
Tenez, Gabrielle, vous voyez ce que je souffre;
eh bien ! ayez pitié de moi.

Mlle DE BELLE-ISLE.

Que faut-il que je fasse, Raoul?... tout ce que
vous demanderez, je suis prête, dites.

D'AUBIGNY.

Promettez-moi de ne pas recevoir M. le duc de
Richelieu ce soir.

Mlle DE BELLE-ISLE.

Je vous le promets.

D'AUBIGNY.

De ne pas le voir autre part qu'ici.

Mlle DE BELLE-ISLE.

Je vous le promets encore.

D'AUBIGNY.

Je compte sur votre parole, Gabrielle.

Mlle DE BELLE-ISLE.

Et vous avez raison.

D'AUBIGNY.

C'est que, si vous y manquiez, vous ne savez pas ce qu'il en résulterait de malheurs pour nous deux.

Mlle DE BELLISLE.

Comment cela ?

D'AUBIGNY.

Je ne puis vous le dire... Mais enfin vous m'avez promis... vous me promettez encore de ne pas voir le duc de Richelieu ce soir, n'est-ce pas ?

Mlle DE BELLE-ISLE.

Je vous l'ai promis, je vous le promets encore; êtes-vous plus tranquille maintenant?

D'AUBIGNY.

Oui.

Mlle DE BELLE-ISLE.

Eh bien alors ! Raoul, laissez-moi.

D'AUBIGNY.

Déjà?

Mlle DE BELLE-ISLE.

Il est tard.

D'AUBIGNY.

Dix heures à peine.

Mlle DE BELLE-ISLE.

J'ai des lettres à écrire... je suis fatiguée... Puis, pour moi, est-il convenable que vous restiez plus long-temps ?

D'AUBIGNY.

Vous deviez bien recevoir M. le duc de Richelieu, s'il était venu.

Mlle DE BELLE-ISLE.

M. le duc de Richelieu est un étranger : je n'aime pas M. de Richelieu, et je vous aime, vous, Raoul.

D'AUBIGNY.

Vous m'aimez, et vous m'éloignez ainsi, lorsque, sans inconvéniens, vous pourriez me donner une heure encore!

Mlle DE BELLE-ISLE.

Une heure! ah! impossible, Raoul... Écoutez, Raoul, je vous en prie.

D'AUBIGNY.

Vous me priez pour que je m'en aille! mais, mon Dieu, que se passe-t-il donc?

Mlle DE BELLE-ISLE.

Il ne se passe rien ; que voulez-vous qu'il se
passe ? Est-ce donc une chose si étrange qu'après
une nuit de voyage et une journée de fatigue, je
désire prendre quelque repos?...Seriez-vous jaloux,
Raoul?... mais de quoi? Je ne vous ai jamais vu
ainsi... Tenez... voilà dix heures qui sonnent.

D'AUBIGNY.

Je me retire, mademoiselle.

Mlle DE BELLE-ISLE.

Mademoiselle! Ah! vous êtes cruel, savez-vous?
Vous me voyez heureuse, et comme vous n'êtes
point habitué à me voir ainsi... ma joie vous inquiète, et vous voulez me rendre à ma tristesse
accoutumée... Oh! mais, c'est bien facile,
allez... il ne faudra qu'un mot de vous pour cela ;
il ne faudra qu'une inflexion de voix dans laquelle
percera le doute ou la douleur... Tenez, Raoul...
eh bien !... me voilà aussi triste que vous le vouliez; êtes-vous content !

D'AUBIGNY.

Pardon, Gabrielle, pardon! mais je vous aime
tant, que je ne puis croire à mon bonheur ; il me
semble que tout nous est ennemi, que tout cher-
che à nous désunir... Pardon... je me retire... j'ai
tort.

Mlle DE BELLE-ISLE.

Au revoir, Raoul.

D'AUBIGNY.

A quelle heure pourrai-je me présenter demain ?

Mlle DE BELLE-ISLE.

Aussi matin que vous voudrez. A huit heures,
par exemple.

D'AUBIGNY.

Adieu, adieu. Vous ne recevrez pas le duc ?

Mlle DE BELLE-ISLE.

Mais soyez donc tranquille!...

D'AUBIGNY.

Adieu !

Il sort.

SCENE XV.

Mlle DE BELLE-ISLE, *puis* LA MARQUISE.

Mlle DE BELLE-ISLE.

Il est parti... qu'il m'en coûtait de le renvoyer ainsi, sans pouvoir lui dire ce qui me rend si heureuse ! (*Allant à la porte à gauche du spectateur.*) Madame la marquise, madame la marquise !

LA MARQUISE.

Me voici.

Mlle DE BELLE-ISLE.

Eh bien?

LA MARQUISE.

Voilà la lettre.

Mlle DE BELLE-ISLE.

La voiture ?

LA MARQUISE.

Est prête.

Mlle DE BELLE-ISLE.

Les chevaux ?

LA MARQUISE.

Attelés...

Mlle DE BELLE-ISLE.

Par où faut-il que je passe ?

LA MARQUISE.

Suivez Mariette.

Mlle DE BELLE-ISLE.

Ah ! madame ! madame ! comment reconnaîtrai-je jamais...

LA MARQUISE.

Par le secret le plus absolu.

Mlle DE BELLE-ISLE.

Pouvez-vous en douter ?

LA MARQUISE.

' Si j'en doutais, je ne ferais pas pour vous ce que je fais en ce moment.

Mlle DE BELLE-ISLE.

Adieu, madame.

LA MARQUISE.

Adieu.

Mlle de Belle-Isle sort.

SCENE XVI.

LA MARQUISE *seule* , *puis* LE LAQUAIS.

LA MARQUISE.

La voilà partie enfin. Dix heures un quart... il était temps : je suis sûre que M. de Richelieu doit déjà être en campagne. Fortifions-nous. (Elle sonne, le Laquais paraît.)Fermez les contrevents de cette fenêtre. (A part.) L'admirable chose, que de combiner à la fois une bonne action et une vengeance! (Au Laquais.)Vous ne voyez personne dans la rue?

LE LAQUAIS.

Il me semble que j'aperçois un homme enveloppé dans un manteau !

LA MARQUISE, à part.

Un manteau au mois de juin, ce doit être lui. (Au Laquais.) Fermez.

LE LAQUAIS.

Madame la marquise a-t-elle d'autres ordres à me donner ?

LA MARQUISE.

Mademoiselle de Belle-Isle est très-peureuse : vous veillerez dans l'antichambre jusqu'au jour, et vous n'ouvrirez à personne.

LE LAQUAIS.

Madame la marquise sera obéie.

LA MARQUISE.

Bien : pour plus de sûreté, barricadons la porte; il y a bien encore les cheminées , mais elles sont grillées.

LE LAQUAIS, à travers la porte.

Voici M. le duc de Richelieu qui monte le grand escalier.

LA MARQUISE.

Nous n'y sommes pas plus pour lui que pour les autres. (Écoutant.) C'est bien. Oui ; on dort. A merveille! le voilà qui se retire; nous ne tarderons pas à entendre quelque chose à cette fenêtre. Monsieur le duc, je vous ai tenu parole : je n'ai rien dit; j'ai quitté Mlle de Belle-Isle à dix heures... et Mlle de Belle-Isle sera seule de dix heures à minuit...

c'est à vous de courir après elle et de la rejoindre sur la grande route. Eh! mais... est-ce que je n'entends pas dans le petit escalier?... si fait; je ne me trompe pas, c'est lui; il avait la clef.

Elle souffle les bougies.

LE DUC.

Quand on vous refuse une porte, il faut bien passer par l'autre.

LA MARQUISE, à part.

Si j'appelle, il fera scandale, M. le duc de Bourbon saura tout, et je suis perdue alors... il n'y a qu'un moyen pour qu'il ne fasse pas de bruit, lui.... c'est de n'en pas faire, moi.

LE DUC.

Ma foi, Germain est un homme précieux : vingt lieues en deux heures un quart. Deux chevaux crevés... pour une clef! Nuit close, à merveille! Heureusement qu'à tout hasard j'ai écrit la lettre d'avance. J'ai vu en venant, contre la muraille, juste au-dessous de cette fenêtre, un individu enveloppé dans son manteau : ce doit être mon homme. (La pendule sonne dix heures et demie.) Dix heures et demie... il est à son poste, et moi au mien. Remplissons les conditions arrêtées. (Il va à la fenêtre et l'ouvre sans bruit.)

Dites donc, monsieur! monsieur... l'homme au manteau!... dites donc... par ici, s'il vous plaît... Là, bien... Si vous connaissez par hasard le chevalier d'Aubigny..... ayez la bonté de lui faire remettre ce billet de la part de M. le duc de Richelieu. Là... (Il jette le billet par la fenêtre et referme les volets.) J'ai rencontré la voiture de la marquise. Mlle de Belle-Isle est maintenant seule ici! allons!

FIN DU DEUXIÈME ACTE.

ACTE TROISIÈME.

ACTE TROISIEME.

───────

Même décoration.

SCENE PREMIERE.

D'AUBIGNY, UN LAQUAIS.

LE LAQUAIS.

Mais, monsieur le chevalier, il n'est que sept heures du matin, et personne n'est levé encore.

D'AUBIGNY.

N'importe, j'entre toujours ; il faut que je parle à Mlle de Belle-Isle aussitôt qu'elle sera réveillée. (Le Laquais sort.) Y serait-il encore ? Je suis resté jusqu'au jour à l'attendre et je ne l'ai pas vu sortir. J'en suis à me demander si je ne fais pas un rêve ter-

8

rible! Mais non, tout est bien réel... voilà la chambre où je l'ai quittée hier, la fenêtre par laquelle il a jeté le billet, la rue où je suis resté.... Oh! mon Dieu, mon Dieu! je n'y puis croire encore... Gabrielle me tromper! et d'une manière aussi infâme! oh! impossible!

SCENE II.

D'AUBIGNY, Mlle DE BELLE-ISLE.

Mlle DE BELLE-ISLE.

C'est vous, Raoul! j'ai entendu votre voix et je suis venue.

D'AUBIGNY.

Déjà levée!

Mlle DE BELLE-ISLE.

N'aviez-vous pas dit que vous seriez ici de bonne heure?

D'AUBIGNY.

Oui, j'en conviens; mais comment, ayant si grande hâte de m'éloigner hier soir, êtes-vous si pressée de me revoir ce matin?

Mlle DE BELLE-ISLE.

Vous y pensez encore, Raoul?

D'AUBIGNY.

Oui, que voulez-vous? on n'est point maître de
ses pensées. Ce souvenir m'est revenu dans la nuit
et m'a étrangement tourmenté.

Mlle DE BELLE-ISLE.

Tourmenté! et de quoi?

D'AUBIGNY.

Mais de cette fatigue si grande qu'elle vous fai-
saitdésirer que je m e retirasse.

Mlle DE BELLE-ISLE.

Vous me répondez ce matin d'une étrange manière; on dirait que vous êtes inquiet, préoccupé.
De quoi? qu'avez-vous? voyons!

D'AUBIGNY.

Moi, rien ! je ne vous ferai pas le même reproche : vous avez un air de bonheur et de joie!...
Avez-vous encore de nouveaux motifs d'espoir?

Mlle DE BELLE-ISLE.

Oui, j'ai fait un beau rêve, j'ai rêvé qu'un bon
génie m'emportait sur ses ailes et m'ouvrait les
portes de la Bastille : je revoyais mon père, il me

pressait sur son cœur, il me couvrait de baisers ;
il me parlait de vous, Raoul, de notre mariage re-
tardé si long-temps, et il se consolait de sa captivité
en pensant que j'allais avoir en vous un ami et un
soutien ! Oh ! c'est un rêve merveilleux, comme
vous voyez, et qui, toute éveillée que je suis, me
laisse un souvenir plein d'espérance.

D'AUBIGNY.

Eh bien ! moi aussi, Gabrielle, j'ai fait un rêve.

Mlle DE BELLE-ISLE.

Vous, Raoul ?

D'AUBIGNY.

Oui, moi ?... mais moins heureux que le vôtre.

Mlle DE BELLE-ISLE.

Et c'est ce rêve qui vous rend triste ?

D'AUBIGNY.

Oui ; car j'ai rêvé qu'hier, en me quittant, et
malgré la promesse que vous m'aviez faite, vous
aviez reçu M. le duc de Richelieu.

Mlle DE BELLE-ISLE.

Que voulez-vous dire ?

D'AUBIGNY.

Rien ; vous m'avez raconté votre rêve, je vous
raconte le mien, voilà tout.

Mlle DE BELLE-ISLE.

Et après ?

D'AUBIGNY.

Moi, dans mon rêve toujours, j'étais dans la rue, en face de cette fenêtre, lorsque cette fenêtre s'ouvrit; un homme alors parut sur le balcon, et me jeta un billet, et, chose étrange, qui fait que mon rêve m'a laissé une impression de réalité plus grande encore que le vôtre peut-être, c'est que ce billet... ce billet, Gabrielle, je l'ai retrouvé en me réveillant, et le voilà.

Mlle DE BELLE-ISLE.

Le voilà ?

D'AUBIGNY.

Oui, lisez.

Mlle DE BELLE-ISLE , lisant.

« Il est onze heures du soir; je suis dans l'ap-
» partement de Mlle de Belle-Isle, je vous dirai de-
» main à quelle heure j'en suis sorti.

» DUC DE RICHELIEU. »

Qu'est-ce que cela veut dire ?

D'AUBIGNY.

Cela veut dire, mademoiselle, que M. le duc de

Richelieu a proposé hier matin, en vous voyant
passer, un pari infâme, et qu'il l'a gagné.

Mlle DE BELLE-ISLE.

Je ne vous comprends pas.

D'AUBIGNY.

Eh bien ! je vais me faire comprendre : M. de
Richelieu, que vous aviez promis de ne pas recevoir,
M. de Richelieu, vous l'avez reçu ; il est venu hier
après que j'ai été parti. M. de Richelieu était avec
vous dans cette chambre, M. de Richelieu a ouvert
cette fenêtre, et par cette fenêtre il a jeté ce billet.
Comprenez-vous maintenant ?

Mlle DE BELLE-ISLE.

Que me dites-vous là ?

D'AUBIGNY.

Ce que vous savez aussi bien que moi, sans doute !
Seulement, ce que vous ignorez, c'est que j'étais
prévenu de tout, c'est que j'étais là, devant cette
fenêtre, moi. C'est que j'y suis resté jusqu'au jour,
attendant qu'il sortît ; car votre honneur m'est encore assez cher pour que je ne permette pas qu'un
pareil secret reste à la fois connu de deux hommes.
Ah ! voilà donc pourquoi vous étiez si troublée hier ?
oilà pourquoi vous étiez pressée que je partisse !
voilà pourquoi vous aviez besoin d'être seule !

Seule! Ah! voyez-vous, j'ai rôdé toute la nuit autour du château ; car, si j'avais pu trouver une
porte ouverte, si j'avais pu arriver jusqu'ici! savez-
vous, Gabrielle, que je vous aurais tués tous les
deux, oui, tous les deux! lui comme vous, vous
comme lui, quand je vous eusse vue à mes pieds, à
genoux et les mains jointes?

Mlle DE BELLE-ISLE.

Mais il faut que vous soyez insensé pour me dire
de pareilles choses. Moi, j'ai reçu M. le duc de Richelieu après votre départ! M. de Richelieu a passé
la nuit ici! Ah çà! mais êtes vous le chevalier
d'Aubigny? suis-je Mlle de Belle-Isle? Est-ce vous qui
me parlez ainsi, à moi, à moi, votre fiancée, à moi,
qui dans trois jours dois porter votre nom? Mais
c'est affreux, cela, Raoul!

D'AUBIGNY.

Aussi j'ai eu peine à le croire, allez! il m'a fallu
le témoignage de mes yeux! et encore! oui, Gabrielle, oui, j'avais une telle confiance en vous, que,
si mes yeux n'avaient fait que voir, j'aurais dit
que mes yeux se trompaient, et j'aurais douté, je
crois! mais ce billet, Gabrielle, comment me l'ex-
pliquerez-vous?

Mlle DE BELLE-ISLE.

Que voulez-vous que je vous réponde? Je ne me

l'explique pas à moi-même! quelqu'un ne peut-il pas
être entré ici à mon insu?

D'AUBIGNY.

Sans que vous l'entendiez, un homme est entré
ici? Par où? qui lui a ouvert? Les portes sont bien
gardées; tout-à-l'heure on ne voulait pas me laisser
passer, moi! Oh! Gabrielle! Gabrielle! voilà ce qui
est arrivé, voyez-vous? et je vais vous le dire, moi!
La fille vous a fait oublier l'amante : vous avez
vu devant vous deux hommes, dont l'un pouvait
rendre la liberté à votre père, et dont l'autre ne pouvait que mourir sur un mot de vous. Celui qui
pouvait le plus a mis sa protection à prix.

Mlle DE BELLE-ISLE.

Monsieur!

D'AUBIGNY.

Je ne dis pas que vous soyez coupable, Gabrielle;
je dis que vous n'avez pas osé refuser au duc le
rendez-vous qu'il vous a demandé; je dis que vous
l'aurez reçu ici, n'est-ce pas? et que, dans un moment où vous l'aurez quitté, il aura écrit ce billet
et l'aura jeté par la fenêtre : voilà ce que je dis,
Gabrielle. Eh bien! avouez-moi cela, et je vous
pardonne.

Mlle DE BELLE-ISLE.

Merci, Raoul; car je vois que vous m'aimez tant,

que vous cherchez à vous tromper vous-même;
mais je n'accepte pas le moyen que vous m'offrez!
Après la promesse que je vous avais faite, si j'avais
reçu M. le duc de Richelieu, je serais impardon-
nable; mais il ne m'a pas demandé de rendez-vous;
mais je ne lui en ai pas donné; mais je ne l'ai pas
vu, et j'ai un moyen bien simple de vous prouver
tout cela.

D'AUBIGNY.

Lequel?

Mlle DE BELLE-ISLE.

Ce billet est du duc, dites-vous?

D'AUBIGNY.

Il me l'a jeté lui-même par la fenêtre.

Mlle DE BELLE-ISLE.

Je vais faire prier M. le duc de Richelieu de
passer ici : vous vous cacherez là, je le recevrai dans
cette chambre, vous entendrez notre conversation
sans en perdre une syllabe; et si M. de Richelieu
m'a vue depuis hier huit heures du soir, je vous
permets de croire tout ce que vous voudrez, Raoul.

D'AUBIGNY.

Oh! je n'aurais pas osé vous demander cela, Gabrielle; mais vous me l'offrez... j'accepte... Il y a

dans tout ceci quelque mystère d'infamie que je ne puis comprendre !

Mlle DE BELLE-ISLE.

Eh bien! ce mystère s'éclaicira. Soyez tranquille seulement, Raoul : pas un mouvement, pas un mot qui puisse faire soupçonner que vous êtes là !

D'AUBIGNY.

Sur l'honneur.

Mlle DE BELLE-ISLE.

Fou que vous êtes !...

D'AUBIGNY.

Oh ! vous n'aurez pas de peine à me convaincre, allez! Non, il n'est pas possible, avec ce charme dans la voix, avec cette pureté dans les yeux, non, il n'est pas possible que vous me trompiez, et je vous crois déjà.

Mlle DE BELLE-ISLE.

N'importe : vous me croirez mieux encore quand j'aurai envoyé chercher le duc, n'est-ce pas ?

LE LAQUAIS.

M. le duc de Richelieu.

Mlle DE BELLE-ISLE.

C'est le ciel qui l'envoie. Dans un instant. (A Raoul.) Entrez dans cette chambre, Raoul, et rappelez-vous votre promesse !

D'AUBIGNY

Votre main, Gabrielle.

Mlle DE BELLE-ISLE.

Vous mériteriez...

D'AUBIGNY.

Votre main.

Elle la lui donne, il l'embrasse, et entre dans le cabinet.

SCENE III.

Mlle DE BELLE-ISLE, LE DUC.

Mlle DE BELLE-ISLE.

Vous arrivez à merveille, monsieur; entrez, je vous prie.

LE DUC.

Salut à ma toute charmante, chez laquelle je me

présentais ce matin presque sans espérance de la
trouver visible, et qui veut bien cependant me recevoir à cette heure.

Mlle DE BELLE-ISLE.

J'allais vous envoyer chercher, monsieur.

LE DUC, voulant baiser la main de Mlle de Belle-Isle.

Ah! mais voilà qui me comble!

Mlle DE BELLE-ISLE.

Monsieur le duc!...

LE DUC.

Eh bien!

Mlle DE BELLE-ISLE.

Pardon... mais j'ai une explication grave et sé-
rieuse à vous demander, une explication qui touche
mon honneur!

LE DUC.

Votre honneur! et qui oserait y porter atteinte,
mademoiselle? Parlez, je suis là si on l'attaque...
parlez donc... je vous écoute.

Mlle DE BELLE-ISLE.

Il s'agit d'un pari que vous auriez fait, monsieur
le duc.

LE DUC.

Eh! mon Dieu, oui, mademoiselle; il faut bien que

je l'avoue; oui ; mais je vous aimais, mademoiselle, avant de faire ce pari. Du moment où je vous avais aperçue, j'avais senti que mon cœur n'était plus à moi ; je vous avais suivie de Paris à Versailles , et de Versailles à Chantilly!.. J'étais venu ici pour vous... pour vous seule, je vous le jure... On m'a proposé un pari... deux autres fous comme moi... vous n'en étiez pas l'objet, votre nom n'avait pas été prononcé dans ce pari; il devait porter sur la première per- sonne qui passerait !.. Vous avez passé... mon hon- neur était engagé; le hasard a fait que mon amour s'est trouvé de moitié avec mon honneur... Voilà la vérité, mademoiselle, la vérité toute entière. Si j'ai commis une faute, elle est involontaire, et j'espère que vous me la pardonnerez !

Mlle DE BELLE-ISLE.

Oui, certes, monsieur le duc, je vous pardonnerai cette faute, quoiqu'il soit étrangement cruel, conve- nez-en, lorsqu'on a perdu dignités, rang, fortune, lorsqu'il ne reste plus de tout cela qu'une répu- tation sans tache, convenez, dis-je, qu'il est cruel de voir cette réputation, qui devrait être respectée à l'égal d'une chose sainte, passer comme un jouet aux mains de courtisans désœuvrés, qui, ne pouvant la briser, tentent au moins de la ternir. Eh bien! monsieur le duc... oui... en faveur de tout ce que vous avez fait pour moi, quoique maintenant je con- naisse la véritable source de cette bienveillance et

de cette bonté que je croyais désintéressée et pure ,
oui, je vous pardonnerai ce pari ; mais à une condition cependant ! vous m'expliquerez comment
ce billet a été jeté hier soir par cette fenêtre, entre dix et onze heures du soir... Voyez, monsieur,
lisez..

LE DUC.

C'est inutile... Je connais ce billet.

Mlle DE BELLE-ISLE.

Comment ! vous le connaissez ?

LE DUC.

N'est-il pas de mon écriture ? D'ailleurs, je
voudrais nier, que la signature est là.

Mlle DE BELLE-ISLE.

Vous avez écrit ce billet ?

LE DUC.

Je l'avoue.

Mlle DE BELLE-ISLE.

Et vous l'avez jeté par cette fenêtre ?

LE DUC.

Par cette fenêtre.

Mlle DE BELLE-ISLE.

Et à qui ?

LE DUC.

Le sais-je, moi? A celui qui l'attendait, sans doute.

Mlle DE BELLE-ISLE.

Vous étiez ici, dans cette chambre?

LE DUC.

Certainement!

Mlle DE BELLE-ISLE.

Mais vous y étiez sans moi?

LE DUC.

Comment! sans vous?

Mlle DE BELLE-ISLE.

Vous y étiez avec moi?

LE DUC.

Mais, sans doute.

Mlle DE BELLE-ISLE.

Avec moi!

LE DUC.

Avec vous.

Mlle DE BELLE-ISLE.

Vous mentez, monsieur le duc.

LE DUC.

Je mens! moi?

Mlle DE BELLE-ISLE.

Oui, vous; et impudemment encore!...

LE DUC.

Pardon, mademoiselle ; mais lorsqu'une femme
parle ainsi à un homme, il ne peut répondre qu'en
se retirant.

Mlle DE BELLISLE, l'arrêtant.

Oh ! non ! non ! vous ne sortirez pas ainsi !...
parce que vous vous appelez Richelieu, parce que
vous êtes deux fois duc et deux fois pair, il ne vous
sera pas permis, monsieur, pour gagner un misérable pari où vous croyez votre honneur engagé,
il ne vous sera pas permis de calomnier une femme,
et, quand cette femme a tout perdu, excepté l'a-
mour d'un homme qu'elle aime, de lui faire, par
cette calomnie, perdre l'amour de cet homme !
Oh ! j'en appellerai à votre nom, à votre dignité,
à votre honneur, qui fait fausse route, et qui peut
se perdre, monsieur le duc ; et vous direz la vérité... oui, la vérité ; oui, et cela ici, devant moi !
devant moi, que vous avez offensée.... Et cette
vérité..... vous hésiterez d'autant moins à la dire
que je ne suis qu'une femme, et qu'on ne pourra
pas supposer que c'est la crainte qui vous fait revenir sur ce que vous aviez avancé.

LE DUC.

Eh ! mon Dieu ! oui. J'ai eu tort, j'aurais dû
avoir l'air de perdre. Voyons ! voulez-vous que

j'écrive au chevalier ? Je lui dirai que j'ai trouvé
cette porte fermée, par exemple, et que par con-
séquent cette lettre que j'ai jetée d'ici par la fenêtre
ne signifie rien ! Voulez-vous enfin que je lui avoue
que j'ai perdu ?... Tout ce que vous voudrez, je
suis prêt à le faire. A Dieu ne plaise que manque, par ma folle vanité, un mariage auquel tient,
dites-vous, votre bonheur ! je sacrifierai le mien !
C'est bien le moins que je vous doive !...

Mlle DE BELLE-ISLE.

Monsieur le duc, il y a quelque chose d'infernal
dans ce que vous me dites !... C'est vrai !... Mais
je ne pensais pas que la perversité pût aller si loin !
Non ! monsieur, non ! non ! ce n'est pas une lettre
que je demande ! non ! c'est un aveu que j'exige !
un aveu ici, un aveu à l'instant même... un aveu
que tout ce que vous avez dit jusqu'ici est faux !
que vous l'avez dit au mépris de la vérité, à l'ou-
bli de votre nom ! à la honte de votre honneur !
Je veux que vous disiez que vous m'avez calomniée, monsieur ! oui, lâchement calomniée... Je
ne mesure pas les mots, je les dis comme mon in-
dignation me les inspire... Oui, vous avouerez tout
cela... Et je ne réponds pas que je ne vous mépri-
serai plus ! Mais je vous promets que je vous pardonnerai !

LE DUC, à demi-voix.

Je comprends; que ne me disiez-vous par un signe que quelqu'un nous écoutait, que quelqu'un était caché?

Mlle DE BELLE-ISLE, à haute voix.

Personne n'est caché, monsieur! personne ne nous écoute... il n'y a ici que moi... répondez donc à moi!

LE DUC.

Eh bien! s'il n'y a ici que vous... si je ne dois répondre qu'à vous, je vous dirai alors que je croyais connaître les femmes, et que j'étais un grand sot; que chaque jour elles m'apprennent quelque chose de nouveau, à moi, qui, chaque jour, crois n'avoir plus rien à apprendre, et qu'à vous, particulièrement, était réservé l'honneur de me donner la leçon la plus complète que j'aie jamais reçue!

Mlle DE BELLE-ISLE.

Assez, monsieur le duc; sortez.

LE DUC.

J'obéis, mademoiselle; mais je n'ai pas perdu tout espoir, je me présenterai ce soir, à la même heure qu'hier, et peut-être serai-je mieux reçu que ce matin.

Il salue et sort.

Mlle DE BELLE-ISLE.

Oh! oh! mon Dieu! mon Dieu!

SCENE IV.

Mlle DE BELLE-ISLE , D'AUBIGNY.

D'AUBIGNY, ouvrant la porte du cabinet.

Eh bien!...

Mlle DE BELLE-ISLE.

Oh!

D'AUBIGNY.

J'ai fait ce que vous m'aviez dit de faire. Je me suis caché, j'ai écouté; j'ai entendu, et malgré tout cela, j'ai tenu parole en ne paraissant pas... Êtes-vous contente?

Mlle DE BELLE-ISLE, l'arrêtant.

Raoul!

Il traverse la scène pour sortir.

D'AUBIGNY.

Oh! laissez-moi!

Mlle DE BELLE-ISLE.

Raoul!... écoutez!... oui, vous aviez raison de

craindre hier, oui, vos pressentimens étaient fondés;
oui, il y a une fatalité contre nous... contre nous...
car elle vous atteint aussi bien que moi, Raoul; mais
vous ne me quitterez pas de cette manière. Il y a
dans tout ceci quelque chose d'infame, une machi-
nation dont je suis victime... et qui vient je ne
sais d'où... une haine invisible enfin, qui m'enve-
loppe et qui m'étouffe... Raoul... il est impossible
que ma voix soit devenue tout-à-coup sans puissance sur vous!... Raoul, il est impossible que
vous soyez convaincu que j'ai oublié en une heure
les principes de toute une vie ; Raoul, il est impossible que d'hier à aujourd'hui je sois devenue une
infâme... Oh! mais... si l'on venait me dire, à moi,
que vous avez commis une lâcheté ou un crime... fui
dans un combat ou assassiné quelqu'un, quelle que
fût la personne qui me dît cette chose!... non, je
vous le jure, Raoul, je ne la croirais pas!...

D'AUBIGNY.

Mais enfin le duc... le duc est entré d'abord ici,
madame!

Mᶫˡᵉ DE BELLE-ISLE.

Je ne le nie point.

D'AUBIGNY.

De ce boudoir il est passé dans cette chambre.

Mlle DE BELLE-ISLE.

Cela se peut !

D'AUBIGNY.

Ah ! vous l'avouez donc, enfin !

Mlle DE BELLE-ISLE.

Oui, je l'avoue... mais vous ne savez pas... vous ne pouvez pas savoir !...

D'AUBIGNY.

Alors, vous n'étiez donc pas dans cette chambre, vous avez donc passé la nuit dans un autre appartement ?

Mlle DE BELLE-ISLE.

Raoul ! j'ai fait un serment terrible ; Raoul, je ne puis rien vous dire, j'ai juré !...

D'AUBIGNY.

Mais n'y a-t-il pas quelqu'un enfin qui, par pitié pour vous et pour moi, puisse vous relever de votre serment ?

Mlle DE BELLE-ISLE.

Oui, vous avez raison, et c'est une inspiration du ciel ; oui, lorsqu'elle verra de quelle infamie je suis accusée, elle permettra que je vous dise tout, et vous verrez alors, vous verrez. (Elle sonne, Mariette paraît.) Mme la marquise de Prie, Mme la marquise, où est-elle? Dites-lui que j'ai besoin de la voir à l'instant même, que je la supplie de venir... Allez.

MARIETTE.

Madame la marquise est partie pour Paris ce matin avec M. le duc de Bourbon, et ne sera de retour ici que ce soir.

Mlle DE BELLE-ISLE.

Oh! mais c'est une fatalité atroce... Raoul, attendez à ce soir... ce soir vous saurez tout. (Il fait un mouvement pour sortir, elle l'arrête.) Raoul... vous ne vous en allez pas... Raoul, je vous jure...

D'AUBIGNY.

Oui, vous avez raison, c'est une fatalité. Hier, à midi, vous quittez l'hôtel pour habiter le château; hier soir je viens, et, pour la première fois, ma présence vous gêne, et vous désirez que je vous quitte; je vous fais jurer que vous ne verrez pas le duc, derrière moi il entre; il y a une heure, vous niez qu'il soit venu, et maintenant vous avouez qu'il est possible qu'il soit resté jusqu'à trois heures du matin dans cette chambre. Vous n'étiez pas, dites-vous, dans cet appartement, et vous ne pouvez pas me dire où vous étiez; un serment vous lie, vous avez juré: c'est un engagement sacré, quoique inattendu; mais une personne peut vous relever de ce serment, une seule! cette personne n'est plus à **Chantilly. Vous** avez raison, c'est une fatalité étrange, si étrange vraiment, que c'est à n'y pas croire, et que je n'y crois pas!

Mlle DE BELLE-ISLE.

Que voulez-vous que je vous dise, Raoul? Oui, oui, toutes les preuves sont contre moi : oui, il s'agirait de ma tête que ma tête tomberait comme tombera peut-être mon honneur! mais ma tête serait prête à tomber que je ne manquerais pas au serment que j'ai fait. Agissez donc selon votre conviction, Raoul, je ne vous retiens plus.

Elle tombe sur un fauteuil.

D'AUBIGNY, faisant un mouvement pour sortir, puis revenant.

Écoutez, Gabrielle, je sais que cet homme a, pour arriver à son but, quel qu'il soit, des moyens mystérieux et inconnus. Eh bien ! avouez que cet homme vous a donné quelque philtre, quelque boisson narcotique, quelque breuvage empoisonné et maudit! avouez qu'il est entré ici pendant que vous dormiez, et que vous ne vous êtes réveillée que trop tard... avouez cela, et cela ne m'ôtera rien de mon amour, cela ne changera rien à notre avenir; je le tuerai, et voilà tout ! Tenez, avouez-moi cela, Gabrielle, je l'aime mieux, car alors je comprendrai tout... mais ne venez pas me parler

d'absence impossible, de serment auquel je ne crois
pas!... Vous le voyez bien, mon Dieu, je ne demande pas mieux que de vous aimer toujours,
moi! je vous ouvre un moyen facile... eh bien! si
vous m'avez trompé, si vous êtes coupable, employez-
le! Oui, il a usé de ruse ou de force, n'est-ce pas?
c'est un homme infâme, et je ne dois m'en prendre
qu'à lui et ne me venger que de lui! Oh! mais dites-moi donc quelque chose que je puisse croire,
quelque chose qui ait l'apparence d'une vérité, si
vous ne voulez pas que je meure fou en vous maudissant, en maudissant Dieu! Tenez, au nom du
ciel, tenez, à genoux, Gabrielle! Voyez, voyez,
c'est moi qui vous prie... j'attends... parlez, j'é-
coute.

Mlle DE BELLE-ISLE.

Je ne puis rien vous dire que ce qui est, Raoul.
Je n'ai pas vu M. le duc de Richelieu depuis hier
à huit heures du soir.

D'AUBIGNY.

Oh! ceci est trop fort, madame, et je sais ce
qui me reste à faire.

Mlle DE BELLE-ISLE.

Je vous supplie...

D'AUBIGNY.

Oh! laissez-moi, madame, laissez-moi!

Mlle DE BELLE-ISLE.

Raoul! Raoul! oh!

D'AUBIGNY.

Une dernière fois, voulez-vous m'avouer la vérité?

Mlle DE BELLE-ISLE.

Je ne puis rien vous dire.

D'AUBIGNY.

Que le ciel vous pardonne alors! mais ce que je sais bien, moi, c'est que je ne vous pardonnerai pas.

Il s'élance dehors.

Mlle DE BELLE-ISLE, tombant à genoux.

Mon Dieu! mon Dieu! ayez pitié de moi!

FIN DU TROISIEME ACTE.

ACTE QUATRIÈME.

ACTE QUATRIÈME.

SCENE PREMIERE.

D'AUMONT , D'AUVRAY , CHAMILLAC, *et* QUELQUES AUTRES SEIGNEURS, *à une table de Pharaon placée à droite du spectateur ;* DEUX AUTRES JEUNES SEIGNEURS *jouant aux dés à une table à gauche ;* LA MARQUISE, RICHE-LIEU, *se promenant.*

LE DUC.

C'est à n'y rien comprendre, ma parole d'honneur ! elle m'a soutenu qu'elle ne savait pas ce que je voulais dire avec un aplomb miraculeux.

LA MARQUISE.

Mais enfin, comment êtes-vous entré dans le boudoir?

LE DUC.

Eh ! par la porte secrète, donc !

LA MARQUISE.

Vous m'avez donné votre parole d'honneur que vous n'en aviez pas la clef.

LE DUC.

C'était vrai; mais je l'ai envoyé chercher.

LA MARQUISE.

A Paris ?

LE DUC.

A Paris.

LA MARQUISE.

En deux heures? mais c'est fabuleux!

LE DUC.

En deux heures quatorze minutes; Germain m'a crevé mes deux meilleurs chevaux, Turenne et Romulus; j'en suis pour mille louis.

LA MARQUISE.

Vous êtes le gentilhomme le plus magnifique que je connaisse.

LE DUC.

Eh bien! marquise, voulez-vous que je vous avoue une chose ?

LA MARQUISE.

Avouez.

LE DUC.

Eh bien ! parole d'honneur, je ne les regrette pas !

LA MARQUISE.

Ah ! duc, voilà un mot dont je me souviendrai toute ma vie. Eh bien, maintenant, à mon tour, je vais vous dire une chose.

LE DUC.

Attendez donc, je n'ai pas fini.

LA MARQUISE.

Achevez, c'est trop juste.

LE DUC.

Vous perdiez le plus beau de l'histoire.

LA MARQUISE.

Il est difficile cependant qu'elle soit plus complète que cela.

LE DUC.

Si fait, elle est plus complète; car celui contre lequel j'ai parié...

LA MARQUISE.

Eh bien?...

LE DUC.

Eh bien !.. c'est le chevalier d'Aubigny.

LA MARQUISE.

Le chevalier d'Aubigny ?

LE DUC.

Attendez donc encore !...

LA MARQUISE.

Mais c'est une histoire des Mille et une Nuits que vous me racontez là ?

LE DUC.

Lequel chevalier d'Aubigny devait épouser dans trois jours Mlle Gabrielle de Belle-Isle.

LA MARQUISE.

Ah ! vraiment ?

LE DUC.

Foi de gentilhomme !

LA MARQUISE.

Quand je vous disais que ces Belle-Isle étaient mes ennemis !

LE DUC.

Maintenant, marquise, voyez combien il était indigne à vous de chercher à me faire perdre mon pari, moi qui n'avais qu'un but dans tout cela, celui de venger une amie.

LA MARQUISE.

Ainsi, elle allait épouser le chevalier?

LE DUC.

Eh! mon Dieu, oui: voyez un peu comme cela
se rencontre! Cependant il paraît que le mariage
était assez éloigné encore : le jeune homme man-
quait de patrimoine, et, pour comble de malheur,
n'occupait qu'un grade secondaire; de sorte que,
comme le comte de Belle-Isle, tout prisonnier qu'il
était, exigeait que son gendre fût quelque chose
de mieux qu'anspessade ou cornette, il est possible que les deux jeunes gens eussent encore sou-
piré long-temps en vain l'un pour l'autre; mais
voilà qu'un jour, c'est comme je vous le dis, marquise, sans que personne sache ni comment ni
pourquoi, le jeune homme reçoit son brevet de
lieutenant aux gardes de Sa Majesté. Dès lors, vous
comprenez, marquise, plus d'empêchement, pas
même celui de la distance: car, au moment où la
fiancée débarquait à Versailles, le fiancé prenait
terre à Chantilly; aussi la chose allait marcher
toute seule, et probablement qu'un de ces soirs
votre aumônier allait les marier secrètement dans
la chapelle du château, si je ne m'étais pas jeté à
la traverse; ce que je regrette, ma parole d'honneur! en voyant le peu de gré que vous me savez
de ce que je fais pour vous, marquise. Mainte-

10

nant, à votre tour, parlez, n'aviez-vous point
quelque chose à me dire?

LA MARQUISE.

Oui ; mais je ne vous dirai rien.

LE DUC.

Et pourquoi, je vous prie ?

LA MARQUISE.

Parce que maintenant tout est bien comme cela
est, et qu'il serait dommage d'y rien changer. Au
reste, qu'a dit le chevalier de tout cela ?

LE DUC.

Il y a toute apparence qu'il a pris la chose au
tragique.

LA MARQUISE.

Vraiment ?...

LE DUC.

Oui : il s'est présenté trois fois chez moi dans
la journée, laissant son nom chaque fois, avec
l'heure à laquelle il était venu. Malheureusement,
j'étais à la chasse, où j'ai fourbu un troisième
cheval; mais vous comprenez qu'à mon retour, et
aussitôt que j'ai eu connaissance de la peine que
le chevalier avait prise, j'ai voulu lui rendre sa
politesse, et, de mon côté, je suis passé chez lui...

Mais il était dit que nous ne nous rencontrerions pas. On m'a répondu qu'il était dehors... je me suis inscrit... et j'attends. Et vous, marquise, quelles nouvelles rapportez-vous de Paris ?

LA MARQUISE.

Aucune. Je n'ai fait qu'y toucher barre, et je suis revenue. Le duc est arrivé juste à temps pour mettre le roi en carrosse, et Sa Majesté, plus aimable envers lui que d'habitude encore, lui a recommandé de ne pas se faire attendre au souper, parce qu'après le souper il l'avait désigné pour être de son jeu. C'est une faveur plus décidée que jamais.

LE DUC.

Prenez garde à notre évêque; s'il y a une tempête, elle viendra de son côté. Quant à moi, la dernière fois que je l'ai vu, il m'a fait si bonne mine, que j'en ai peur.

LA MARQUISE.

Bah! vous le calomniez, duc. C'est un brave homme qui n'aspire qu'à la retraite, et qui dédaigne les grandeurs... Avez-vous oublié qu'à la mort du régent il a lui-même présenté M. le Duc au roi?

LE DUC.

Hum! parce qu'il a pensé que s'il se présentait

lui-même, la transition paraîtrait un peu brusque.

LA MARQUISE.

Vous vous trompez ; et la preuve, c'est qu'à la moindre lutte, M. de Fréjus abandonne la partie et se retire.

LE DUC.

Oui ; mais deux fois il s'est assuré, par cet expédient, que son royal écolier ne pouvait supporter son absence. Il n'aime que la retraite, dites-vous ? il déteste les grandeurs, n'est-ce pas ?... eh bien ! vous le verrez un jour premier ministre et cardinal... Pas vrai, d'Aumont ?

D'AUMONT.

Mon cher, j'ai un jeu atroce.

LE DUC.

Bah ! tu connais le proverbe, duc : Malheureux au jeu, heureux en amour.

D'AUMONT.

Eh bien ! moi ! je ne sais pas comment cela se fait, je perds de tous les côtés.

LA MARQUISE.

Vous prenez mal votre moment pour vous plaindre, duc. Je venais justement vous inviter à figurer avec moi dans le troisième quadrille.

D'AUMONT.

Vous me rejetez bien loin, marquise.

LA MARQUISE.

Je suis engagée pour les deux premiers. Monsieur d'Auvray, donnez donc vos cartes au duc, j'ai quelque chose à vous dire.

D'AUVRAY.

Auriez-vous cette complaisance, monsieur le duc ?

LE DUC.

Volontiers. Quand vous reviendrez, chevalier, vous retrouverez d'Aumont battu et content. As-tu ponté, duc ?

D'AUMONT.

Oui.

LE DUC.

Eh bien! donne les cartes, alors.

D'Aumont donne les cartes.

D'AUVRAY, se promenant avec la marquise.

Parlez, madame la marquise, je vous écoute.

LA MARQUISE.

Tout-à-l'heure ; il ne faut pas que ces messieurs nous entendent.

D'AUVRAY.

Diable ! une confidence...

LA MARQUISE.

Ah ! voilà déjà votre amour-propre parti au galop. Il ne s'agit pas de ce que vous croyez ; il s'agit de toute autre chose, au contraire. Si vous voyez arriver le chevalier d'Aubigny, vous savez, ce jeune lieutenant, entré tout nouvellement dans les gardes du roi, ne le perdez pas de vue. Je crois qu'il doit y avoir quelque chose comme un duel entre lui et le duc de Richelieu.

D'AUVRAY.

Ce diable de Richelieu, c'est à n'y pas tenir, ma parole d'honneur ! il me donne plus de besogne à lui seul que toute la noblesse de France ! Et à propos de quoi, ce duel ?

LA MARQUISE.

Je ne sais ; mais, quelle qu'en soit la cause, il est de votre devoir, comme lieutenant de nosseigneurs les maréchaux de France, de l'empêcher, chevalier. Maintenant, vous voilà prévenu. C'est à vous de vous tenir sur vos gardes, monsieur le greffier du point d'honneur. Reconduisez-moi dans la salle de bal à présent ; c'est tout ce que j'avais à vous dire.

LE DUC, ramassant l'argent de d'Aumont.

Tenez, d'Auvray, voyez les affaires que je fais pour vous.

D'AUVRAY, rentrant dans la salle de bal.

Très-bien. Continuez.

LE DUC.

Quand je te le disais, d'Aumont... tu ne devrais jamais jouer contre moi, cela te porte malheur.

D'AUMONT.

Je tiens le double.

LE DUC.

Le double, soit.

SCENE II.

Les Mêmes, D'AUBIGNY.

D'AUBIGNY, regardant de la porte et apercevant Richelieu.

Enfin !...

Il entre et vient lentement se placer en face du Duc.

LE DUC, levant les yeux.

Ah ! ah! c'est vous, chevalier !

D'AUBIGNY.

Oui, monsieur le duc; pourrais-je vous dire deux mots?

LE DUC.

Aussitôt le coup joué, je suis à vous.

D'AUBIGNY.

C'est bien, j'attendrai.

LE DUC.

Tenez, voilà qui est fait. Passe-moi ton argent, d'Aumont. Bien, merci. Chamillac, prends ma place, elle est bonne. (Se levant.) Me voilà, monsieur.

Un seigneur prend la place du Duc.

D'AUBIGNY.

Je vous ai attendu hier dans la rue jusqu'à quatre heures.

LE DUC.

Cela se peut, monsieur, j'étais sorti par la porte du parc.

D'AUBIGNY.

J'ai eu l'honneur de me présenter trois fois aujourd'hui chez vous.

LE DUC.

Je l'ai appris avec un vif regret, monsieur. J'é-
tais à la chasse; mais aussitôt mon retour, on a dû
vous dire.....

D'AUBIGNY.

Oui, que vous aviez pris la peine de passer à
l'hôtel. (Les deux hommes se saluent.) Il est inutile, je
présume, monsieur le duc, que je vous dise dans
quel but je désirais vous rencontrer ?

LE DUC.

Mais je crois que je m'en doute, chevalier.

D'AUBIGNY.

Vous comprenez, monsieur, que, lorsqu'on a
porté atteinte à la réputation d'une femme dont le
père et les frères sont à la Bastille.....

Le chevalier d'Auvray entre et s'approche doucement.

LE DUC.

On doit rendre raison à son amant. C'est trop
juste, sur mon honneur, monsieur le chevalier,

et je comprends parfaitement cela. Je suis à vos ordres.

D'AUBIGNY.

Je n'ai pas besoin d'ajouter qu'il est inutile que la véritable cause de notre combat soit connue.

LE DUC.

La cause sera celle que vous voudrez : le renvoi de l'infante, si cela peut vous être agréable. D'ailleurs, nous trouverons des témoins accommodans.

D'AUBIGNY.

Il y aurait peut-être quelque chose de mieux, monsieur le duc ; ce serait de n'en pas prendre.

LE DUC.

Fort bien. Vous vous promènerez à une heure dite dans une allée convenue ; je sortirai à cette heure, et je me dirigerai vers cette allée. Ce ne sera plus un duel, ce sera une rencontre.

D'AUBIGNY.

Et... quel est l'endroit que vous préférez ?

LE DUC.

Mais, le plus proche du château.

D'AUBIGNY.

L'allée qui conduit au bois de Sylvie, alors.

LE DUC.

Parfaitement.

D'AUBIGNY.

Votre heure?

LE DUC.

La vôtre, monsieur.

D'AUBIGNY.

Neuf heures du matin, si vous voulez.

LE DUC.

C'est convenu. Les armes?

D'AUBIGNY.

Je n'ai pas besoin de vous en parler. Nous sommes gentilshommes tous deux, l'arme des gentilshommes est l'épée; nous sortons avec notre épée, personne ne le remarque, personne n'a rien à dire.

LE DUC.

A merveille. Demain, à neuf heures, au bois de Sylvie, sans autres armes que notre épée.

D'AUBIGNY.

C'est dit.

D'AUVRAY, leur frappant sur l'épaule avec une petite baguette noire à pomme blanche.

Halte-là, de par le roi! Vous êtes assignés à la

connétablie de France, au terme de huitaine, par nous, clamant et proclamant, le chevalier d'Auvray, lieutenant de nosseigneurs les maréchaux de France et greffier du point d'honneur.

D'AUBIGNY.

On nous écoutait!

LE DUC.

D'Auvray!... Que le diable vous emporte, chevalier! on ne peut pas avoir la plus petite explication maintenant, qu'on ne voie paraître le bout de votre baguette noire!

D'AUVRAY.

Oui, c'est moi, messieurs; et songez-y, duc, songez-y, chevalier! ceci n'est point une plaisanterie, car vous êtes prévenus, et, à compter de cette heure, vous avez la tête entre la hache et le billot. Donnez-moi donc votre parole que d'ici au moment où nosseigneurs les maréchaux de France auront décidé s'il y a lieu à combat, il n'y aura entre vous ni duel ni rencontre.

LE DUC.

Ce n'est pas moi que cela regarde, chevalier, c'est M. d'Aubigny; qu'il vous donne sa parole, je vous donne la mienne. Autrement, je vous en préviens, je suis obligé de le suivre partout où il lui plaira de me mener, même sur l'échafaud.

D'AUBIGNY.

Je désirais votre vie, monsieur le duc, mais je voulais vous la prendre moi-même. Un procès est inutile, et des juges sont superflus. Il ne doit y avoir entre M. de Richelieu et moi d'autre juge que Dieu. Vous avez ma parole, monsieur d'Auvray.

D'AUVRAY.

Qu'il n'y aura entre vous ni duel ni rencontre?

D'AUBIGNY.

Foi de chevalier.

LE DUC.

Foi de duc et pair!

D'AUVRAY.

C'est bien, messieurs, je m'en rapporte à votre parole.

Il va s'appuyer à la chaise d'un des joueurs.

UN LAQUAIS, entrant.

Un courrier qui arrive de Paris demande à parler à M. le duc d'Aumont à l'instant même, de la part de Sa Majesté.

D'AUMONT, se levant.

Messieurs, vous permettez...

UN JOUEUR.

Comment donc, monsieur le duc!... le service du roi avant tout.

D'Aumont quitte la table et suit le valet.

LE DUC.

Chevalier, je suis désolé...

D'AUBIGNY.

Tout n'est pas perdu, monsieur le duc. Vous devez penser que cela ne finira point ainsi, et que je n'aurais pas donné ma parole si je n'eusse trouvé un autre moyen de terminer l'affaire. Avez-vous cru que je me contenterais d'une explication si tôt et si facilement terminée? Alors, monsieur le duc, vous me faisiez une nouvelle injure.

LE DUC.

J'avoue, monsieur le chevalier, que j'étais étonné moi-même de la facilité avec laquelle vous vous étiez rendu.

D'AUBIGNY.

Vous devez la comprendre cependant; la cause de notre duel n'est pas une de celles qu'on porte devant un tribunal : Mlle de Belle-Isle est bien assez compromise à cette heure sans que nous la perdions publiquement par de pareils débats : non,

non, monsieur le duc. Oh ! soyez tranquille, cela ne se passera pas ainsi.

LE DUC.

Faites-y attention, chevalier ; maintenant nous sommes engagés d'honneur.

D'AUBIGNY.

A ne point nous rencontrer ni nous battre, voilà tout. Mais.celui qui veut véritablement se venger d'une insulte qu'il a reçue, celui qui n'a plus à espérer dans ce monde ni bonheur ni repos , celui qui est décidé à recevoir la mort de la main de son ennemi ou à la lui donner de quelque manière que ce soit, celui-là, monsieur le duc, pour une ressource qui lui manque, en a mille autres prêtes. Il lui faut seulement rencontrer un adversaire assez loyal pour qu'il comprenne qu'à l'homme à qui l'on a fait tout perdre on n'a le droit de rien refuser.

LE DUC.

Cet adversaire loyal, monsieur, je me flatte que vous l'aurez trouvé en moi.

D'AUBIGNY.

Aussi est-ce dans cet espoir que j'ai donné ma parole; j'ai compté sur votre courage, monsieur le duc.

LE DUC.

Vous avez bien fait; et que je perde mon nom, si vous me proposez quelque chose que je n'accepte!

D'AUBIGNY.

Eh bien! monsieur le duc, voilà des cornets, voilà des dés. En trois coups, et celui qui perdra...

LE DUC.

Celui qui perdra... après?

D'AUBIGNY.

Celui qui perdra se fera sauter la cervelle; c'est un genre de duel contre lequel la connétablie ne peut rien.

LE DUC.

Ah! ah! c'est très-ingénieux, savez-vous? ce que vous avez trouvé là!

D'AUBIGNY.

Vous hésitez, monsieur le duc?

LE DUC.

Dam! écoutez donc, la proposition est étrange.

D'AUBIGNY.

Monsieur le duc, refuseriez-vous?

LE DUC.

Non; mais je me consulte.

D'AUBIGNY.

Monsieur le duc, faites-y attention, voilà la seconde fois qu'il vous arrive, au moment de vous
battre...

LE DUC.

Que m'arrive-t-il, monsieur ?

D'AUBIGNY.

De trouver là, derrière vous, à point nommé,
un officier de la Connétablie.

LE DUC.

Après ?

D'AUBIGNY.

De sorte que l'on pourrait dire qu'il est trop
commode de n'avoir qu'à prévenir M. d'Auvray.

LE DUC.

On ne dira rien, monsieur, j'accepte.

D'AUBIGNY.

Bien, duc ! j'attendais cela de vous.

LE DUC.

Seulement je vous demanderai six heures d'in-

11

tervalle. On a toujours en pareil cas quelques affaires à arranger, pour peu qu'on ne soit pas bâ-
tard.

D'AUBIGNY.

Six heures, soit!

Ils approchent de la table.

LE DUC , s'asseyant.

Enchanté de faire votre partie.

D'AUVRAY.

Ah! vous jouez maintenant?...

LE DUC.

Eh! mon Dieu, oui, nous jouons : voulez-vous
être de moitié dans ma partie, d'Auvray?...

D'AUVRAY.

Volontiers; mais vous ne mettez pas au jeu.

D'AUBIGNY.

Non; nous jouons sur parole, monsieur. A vous,
duc.

LE DUC.

Je n'en ferai rien. Commencez, chevalier.

D'AUVRAY.

Cinquante louis pour Richelieu, Chamillac.

CHAMILLAC.

Je les tiens.

D'AUVRAY.

Allons, messieurs.

D'AUBIGNY , secouant les dés.

Puisque vous le voulez , monsieur le duc.(Il amène.)
Cinq.

LE DUC, amenant.

Huit.

CHAMILLAC.

Ma revanche.

D'AUVRAY.

Mais, auparavant, ces messieurs continuent-
ils?...

LE DUC.

Oui.

D'AUBIGNY.

Vous avez la première manche, monsieur le duc;
à vous de commencer.

LE DUC.

J'accepte; cela vous portera peut-être bonheur,
chevalier. Neuf.

D'AUBIGNY, secouant les dés.

Vous n'avez pas de chance, monsieur de Chamillac, et je commence à croire que vous avez eu tort de parier pour moi. Onze. Je me trompais.

CHAMILLAC.

Nous sommes quittes, d'Auvray.

LE DUC.

Monsieur d'Aubigny, continuez-vous?

D'AUBIGNY.

Sans doute, monsieur le duc.

D'AUVRAY.

Toujours la même.

LE DUC.

Sept.

D'AUBIGNY.

Sept.

D'AUVRAY.

Coup nul.

LE DUC.

En restons-nous là, chevalier?

D'AUBIGNY.

Voilà ma réponse. Neuf.

LE DUC.

Onze.

D'AUBIGNY, se levant.

J'ai perdu, monsieur le duc.

CHAMILLAC.

Voilà vos cinquante louis, d'Auvray.

LE DUC, allant au chevalier d'Aubigny.

Chevalier... dites-moi... j'espère que vous n'a-vez pas pris cette partie au sérieux?

D'AUBIGNY.

Et qui vous fait croire cela, je vous prie, mon-sieur le duc?

LE DUC.

C'est que cette partie est impossible.

D'AUBIGNY.

Si elle eût été impossible, vous ne l'eussiez pas acceptée.

LE DUC.

Oui; mais si je l'eusse perdue...

D'AUBIGNY.

Si vous l'eussiez perdue, vous eussiez tenu vo-tre parole comme je tiendrai la mienne. Les dettes de jeu sont sacrées, monsieur le duc.

LE DUC.

Oh ! mais je vous en prie.

D'AUBIGNY.

Il est trois heures du matin. A neuf heures, duc, vous serez payé.

Il s'éloigne.

LE DUC, le suivant.

Ou vous êtes fou, monsieur, ou vous n'en ferez rien, je l'espère.

D'Aubigny se retourne, salue le duc et sort.

SCENE III.

LE DUC, *sur le devant de la scène, laissé seul peu à peu par les autres personnages qui rentrent dans la salle de bal.*

Il le fera comme il le dit, j'en suis sûr. Il y a des hommes qu'on n'a besoin que de voir un instant pour les juger !... Ah çà, mais... est-ce qu'il n'y a pas moyen de l'empêcher de faire une pareille folie ?... Oh ! penser que, rentré chez lui, de sang-froid, seul... il va... c'est quelque chose comme un assassinat ! ma parole d'honneur !... De la jeunesse, du courage, un beau nom... et tout cela dans six heures!... tout cela aura cessé d'exister!... et pour un pari infâme, que j'aimerais mieux avoir perdu cent fois, d'autant plus que maintenant le diable m'emporte si je comprends comment je l'ai gagné... S'il faut que ce garçon-là se brûle la cervelle, d'honneur, il me poursuivra toute ma vie!... Si j'étais à Paris, j'irais trouver le roi, j'obtiendrais une lettre de cachet, et je le ferais mettre à la Bastille, et là... à moins qu'il ne se pende aux barreaux... mais ici, il n'y a pas moyen!... c'est à en perdre la tête.

SCENE IV.

LE DUC DE RICHELIEU, LE DUC D'AUMONT.

D'AUMONT, qui s'est approché par derrière et a entendu les derniers mots.

Oui, c'est à en perdre la tête.

LE DUC.

Et de quoi?

D'AUMONT.

De ce qui m'arrive.

LE DUC.

Il t'arrive donc quelque chose aussi à toi? En effet, te voilà tout agité.

D'AUMONT.

Il y a de quoi. Tu ne sais pas les nouvelles de Paris?

LE DUC.

Non.

D'AUMONT.

Révolution complète dans le cabinet.

LE DUC.

Bah !

D'AUMONT.

L'évêque de Fréjus, premier ministre.

LE DUC.

M. de Fleury?

D'AUMONT.

Lui-même.

LE DUC.

Et M. le duc de Bourbon?

D'AUMONT.

Arrêté.

LE DUC.

Arrêté! un prince du sang!

D'AUMONT.

Arrêté.

LE DUC.

Comment cela?

D'AUMONT.

Au moment où il montait en voiture pour rejoindre le roi à Rambouillet, ainsi que Sa Majesté
elle-même l'y avait invité, Charrost est venu lui
demander son épée.

LE DUC.

Pas possible!

D'AUMONT.

C'est comme je te le dis, mon cher; une véritable
révolution de sérail faite par un évêque. Mais ce
n'est pas le tout...

LE DUC.

Comment! ce n'est pas le tout! il y a autre chose
encore?

D'AUMONT.

J'ai reçu une lettre de cachet qui exile la marquise de Prie à sa terre.

LE DUC.

Et pourquoi est-elle adressée à toi ?

D'AUMONT.

Parce que c'est moi, mon cher, que, comme capitaine des gardes, on a chargé de l'y conduire.

LE DUC.

Ah ! mon pauvre d'Aumont ! Eh bien, que feras-tu ?

D'AUMONT.

Il faudra bien que j'obéisse, pardieu !

LE DUC.

Et la lettre accorde-t-elle un délai, au moins ?

D'AUMONT.

Pas une minute. L'exempt ne doit retourner à Paris qu'après nous avoir vus partir.

LE DUC.

Tiens, justement, d'Aumont, voilà la marquise qui vient te chercher pour danser avec elle.

D'AUMONT.

Je voudrais être à cent pieds sous terre !

SCENE V.

Les Mêmes, LA MARQUISE.

LA MARQUISE.

Eh bien, d'Aumont, que faites-vous donc là ? quand je vous attends !

LE DUC.

Ce qu'il fait, madame ? demandez-lui plutôt ce qu'il fera ; car je suis convaincu qu'il ne le sait pas encore.

LA MARQUISE.

Que voulez-vous dire ?

D'AUMONT.

Madame la marquise, pardonnez-moi ; mais je suis bien malheureux, bien désespéré !

LA MARQUISE.

Vous, d'Aumont ! malheureux, désespéré ! et de quoi ?

LE DUC.

Marquise, quelque chose qui arrive, comptez-
moi toujours au rang de vos amis, et usez de mon
crédit, si toutefois il n'est pas perdu avec le vôtre !

LA MARQUISE.

Avec le mien ! Mon crédit perdu ? mais que
dites-vous donc tous deux ? Êtes-vous devenus
fous ?

D'AUMONT.

Vous savez, madame, qu'il est impossible de
désobéir au roi.

LA MARQUISE.

Eh ! qui songe à désobéir à Sa Majesté ?

LE DUC.

Eh ! mon Dieu, lui ! ce pauvre d'Aumont, qui
ne demanderait pas mieux, mais qui est forcé de
suivre les ordres qu'il a reçus.

LA MARQUISE.

Et quels ordres avez-vous donc reçus, monsieur
le duc ? Parlez, au nom du ciel, parlez !

D'AUMONT.

Il ne faut pas vous effrayer, madame la marquise ; peut-être n'est-ce qu'une disgrâce momen-
tanée.

LA MARQUISE.

Une disgrâce ! mais vous me faites mourir tous deux avec vos préparations ; voyons : j'ai du courage, dites-moi ce qu'il en est tout de suite.

LE DUC.

Eh bien ! marquise, M. le Duc est arrêté ; vous êtes exilée à votre terre, et d'Aumont a l'ordre de vous conduire à l'instant même au lieu de votre exil.

LA MARQUISE.

Impossible, duc. (D'Aumont montrant l'ordre.) Ah ! mon Dieu, la signature de Sa Majesté... Mais ne puis-je pas voir M. de Bourbon ?

LE DUC.

Pourquoi faire, puisqu'il est arrêté lui-même ?

LA MARQUISE.

Écrire au roi ?

D'AUMONT.

Inutile, M. de Fleury décachétera la lettre.

LA MARQUISE.

A la reine ?

LE DUC.

C'est autre chose.

LA MARQUISE.

Oui, oui; elle se souviendra que c'est moi qui l'ai tirée de l'exil pour la porter sur le premier trône du monde. Mais qui lui remettra cette lettre?

LE DUC.

Moi, marquise, et en personne.

LA MARQUISE.

Merci, duc. D'Aumont, passez-moi ce papier et des plumes. (Elle se met à écrire.) Oh! mon Dieu! mon Dieu!

LE DUC, reconnaissant l'écriture.

Marquise!

LA MARQUISE.

Quoi donc?

LE DUC.

Marquise, c'est là votre écriture?...

LA MARQUISE.

Sans doute; et pourquoi cela?

LE DUC.

Pourquoi cela? parce qu'alors... (Tirant de sa poche le placet du deuxième acte.) Cette lettre, ce placet, ne sont point de Mlle de Belle-Isle, mais de vous; et s'ils sont de vous, marquise! oh! mais s'ils sont de vous, qui donc m'a reçu dans cette chambre, où je croyais la trouver ?

LA MARQUISE.

Ingrat !...

LE DUC.

Oh !... oh ! mon Dieu ! mon Dieu !

Il veut sortir.

LA MARQUISE.

Mais où allez-vous ? Attendez donc ma lettre !

LE DUC.

Oh ! il s'agit bien de votre lettre maintenant !

LA MARQUISE.

Qu'y a-t-il donc ?

LE DUC.

Il y a ! il y a madame, que, dans six heures, un des plus braves gentilshommes de France se fait sauter la cervelle, et que c'est vous qui le tuez, si je n'arrive pas à temps : voilà ce qu'il y a.

Il va pour sortir, d'Auvray paraît.

LA MARQUISE.

Il est fou !

D'AUVRAY, à Richelieu.

Pardon, mon cher duc, mais je suis forcé de vous demander votre épée.

LE DUC.

Comment ?...

D'AUVRAY, montrant une lettre.

Ordre de Sa Majesté.

LE DUC.

Prisonnier.

D'AUVRAY.

Mandé à Paris par le roi, pour lui rendre à l'instant même compte de votre conduite.

LE DUC.

Oh! madame! madame!... s'il faut que, par votre faute, il arrive malheur à ce jeune homme, je ne vous le pardonnerai de ma vie! Allons, monsieur, allons !...

FIN DU QUATRIÈME ACTE.

ACTE CINQUIÈME.

ACTE CINQUIÈME.

Même décoration qu'au troisième acte.

SCENE PREMIERE.

Mlle DE BELLE-ISLE, UN LAQUAIS.

Mlle DE BELLE-ISLE.

Vous le connaissez bien, n'est-ce pas, **M.** le chevalier d'Aubigny, ce jeune lieutenant au régiment du roi, qui s'est présenté hier et avanthier ici, et que vous avez annoncé deux fois?

LE LAQUAIS.

ʃ Je le connais, mademoiselle peut-être parfaitement tranquille.

Mlle DE BELLE—ISLE, cachetant sa lettre.

Eh bien! cherchez-le jusqu'à ce que **vous le**

trouviez; d'ailleurs, peut-être est-il encore chez lui, à peine est-il sept heures du matin... Puis, quand vous l'aurez trouvé, remettez-lui cette lettre, et amenez-le ici; il faut que je lui parle à l'instant même. Attendez, avant de sortir, envoyez-moi Mariette.

LE LAQUAIS.

Elle a quitté cette nuit le château avec Mme la marquise.

Mlle DE BELLE-ISLE.

Mme la marquise n'est plus au château?

LE LAQUAIS.

Elle est partie cette nuit avec M. le duc d'Aumont, avant même que la soirée ne fût finie.

Mlle DE BELLE-ISLE.

Mais elle reviendra; elle va revenir... aujourd'hui?

LE LAQUAIS.

Je l'ignore, et si mademoiselle veut, je m'en informerai.

Mlle DE BELLE-ISLE.

Oui, mais allez d'abord porter cette lettre, c'est le plus pressé. (Il sort.) Mon Dieu! que se passe-t-il donc? Hier elle me fait dire qu'elle ne peut me recevoir... ce matin, elle est partie! D'Aubigny,

dont je n'entends plus parler!.. c'est à n'y rien comprendre. (Le Laquais rentre.) Eh bien ! vous n'êtes pas
encore parti?

LE LAQUAIS.

Quelqu'un monte le grand escalier ; mademoiselle veut-elle recevoir?

Mlle DE BELLE-ISLE.

Oh ! non, non; je n'y suis pour personne.

LE LAQUAIS.

Pardon, mais justement...

Mlle DE BELLE-ISLE.

Eh bien?

LE LAQUAIS.

C'est M. le chevalier d'Aubigny.

Mlle DE BELLE-ISLE.

Oh ! qu'il entre, qu'il entre ! et avertissez-moi
aussitôt que la marquise sera de retour.

SCENE II.

Mlle DE BELLE-ISLE, D'AUBIGNY.

D'AUBIGNY, dans l'antichambre.

Mlle de Belle-Isle!

Mlle DE BELLE-ISLE.

Venez, Raoul, venez; pour vous j'y suis toujours. Tenez, je vous écrivais, je vous attendais; mais je n'espérais pas vous voir.

D'AUBIGNY.

Aussi est-ce une circonstance imprévue qui m'amène.

Mlle DE BELLE-ISLE.

Quelle que soit cette circonstance, soyez le bienvenu. Ah! vous voilà, Raoul, vous voilà!

D'AUBIGNY.

Oui; je viens vous prier de me rendre un service.

Mlle DE BELLE-ISLE.

Un service, à vous? Oh! parlez!

D'AUBIGNY.

Je n'ai que vous, Gabrielle : ma mère est morte en me mettant au monde, mon père a été tué à la bataille de Denain; plus de famille, plus d'amis !

Mlle DE BELLE-ISLE.

Plus d'amis !

D'AUBIGNY.

Je ne saurais donc à qui confier un dépôt d'une certaine importance, si vous ne vouliez pas vous en charger.

Mlle DE BELLE-ISLE.

Et quel est ce dépôt?

D'AUBIGNY.

Des papiers qui concernent ma fortune.

Mlle DE BELLE-ISLE.

Et pourquoi vous dessaisissez-vous de ces papiers?

D'AUBIGNY.

Je pars, Gabrielle.

Mlle DE BELLE-ISLE.

Vous partez!

D'AUBIGNY.

Oui, je me sépare de vous; et quand on se sépare, Dieu seul sait ce que dure l'absence.

Mlle DE BELLE-ISLE.

Que me dites-vous là?

D'AUBIGNY.

Je ne veux point vous effrayer; mais qui peut prévoir les chances étranges de la vie? Certes, j'eusse traité d'imposteur celui-là qui m'eût prédit il y a trois jours les événemens qui depuis trois jours me sont arrivés : je ne veux plus me laisser surprendre par le malheur, ainsi que je l'ai fait jusqu'à présent; je n'y échapperai pas pour cela, je le sais; mais, au moins, il me trouvera préparé et résolu.

Mlle DE BELLE-ISLE.

Je vous écoute, Raoul, et je vous laisse dire, quoique chacune de vos paroles soit un coup de poignard au plus profond de mon cœur; parlez donc, puisque vous ne craignez pas de me faire souffrir, parlez !

D'AUBIGNY.

Croyez que, de mon côté, il m'en coûte cruellement d'agir ainsi; mais ce que j'ai à vous dire est de la dernière importance; et, une fois dit, ce sera tout.

Mlle DE BELLE-ISLE.

J'écoute.

D'AUBIGNY.

Je disais donc qu'au moment de partir, en son-
geant aux accidens auxquels cette misérable vie est
exposée, en réfléchissant que je pouvais ne plus
vous revoir, je n'ai pas voulu m'éloigner sans vous
demander pardon pour mes emportemens d'hier.
On ne perd pas tout-à-coup et aussi cruellement
un espoir de bonheur comme celui que je nourris-
sais... depuis quatre ans; car il y a quatre ans que
je vous aime, Gabrielle ! sans que quelque chose ne
se brise là; mais, en y réfléchissant depuis, j'ai songé
que, si je mourais loin de vous, vous pourriez croire
que j'étais mort le cœur gros de reproches, et que
cette idée tourmenterait, peut-être, le reste de votre
vie... J'ai donc voulu au moment du départ venir
prendre congé de vous, non plus, hélas ! comme un
fiancé de sa fiancée, mais comme un frère de sa
sœur !

Mlle DE BELLE-ISLE.

Raoul, vous êtes bien cruel, et vous regretterez
amèrement un jour tout ce que vous me dites là.

D'AUBIGNY.

Je ne vous dis cependant que ce que je dois vous
dire, pour que vous soyez heureuse encore, si toutefois vous pouvez l'être. Eussiez-vous mieux aimé
que je me séparasse de vous en vous laissant croire

que j'emportais des sentimens de haine, quand, au contraire, je vous avais pardonné ?

Mlle DE BELLE-ISLE.

Pardonné !

D'AUBIGNY.

Oui, pardonné; et il n'y a pas long-temps que j'ai eu cette force, allez! et c'est le ciel qui me l'a inspirée : j'ai passé une partie de la nuit dans une église ; car on peut oublier Dieu pendant le bonheur; mais, lorsque le bonheur s'en va pour faire place à l'infortune, c'est toujours à Dieu qu'il faut revenir, voyez-vous? Hélas! je l'avais oublié depuis long-temps, j'étais si heureux! mais, cette nuit, j'ai pensé à lui, ou plutôt il a pensé à moi ; j'ai passé deux heures dans cette église, priant et pleurant! Cela vous étonne, Gabrielle; Dieu ne vous fasse jamais sentir le besoin de la prière, des larmes et d'une église!

Mlle DE BELLE-ISLE.

Pauvre insensé!

D'AUBIGNY.

Je l'étais, vous avez raison. Mais heureusement je ne le suis plus, car je suis rentré chez moi, sinon consolé, du moins calme... Alors, j'ai fait mes préparatifs de départ et je suis venu, comme je vous le disais, vous prier de me conserver ces papiers... si je reviens, vous me les rendrez.... si je meurs, vous les ouvrirez... Ils contiennent quelques dispositions suprêmes, quelques volontés dernières ; que je vous prierai de regarder comme sacrées. Adieu, Gabrielle !

Mlle DE BELLE-ISLE, à part.

Elle ne vient pas !

D'AUBIGNY.

Adieu, Gabrielle.

Mlle DE BELLISLE.

Raoul !... vous ne partirez pas !

D'AUBIGNY.

Il le faut.

Mlle DE BELLE-ISLE.

Oui, parce que vous me croyez coupable. Mais écoutez, je vous le jure, Raoul, je vous le jure sur le salut de ma mère, sur la liberté de mon père, sur votre vie, à vous, qui m'est plus précieuse et plus chère que la mienne, Raoul, je ne suis pas coupable !

D'AUBIGNY.

Vous me l'avez déjà dit, et je ne l'ai pas cru... d'ailleurs n'ai-je point entendu le duc ?

Mlle DE BELLE-ISLE.

Eh bien ! malgré son accent de vérité, auquel je n'ai rien pu comprendre moi-même, le duc mentait, ou bien, comme moi, était le jouet de quelque ruse infâme. Mais écoutez-moi, Raoul.

D'AUBIGNY.

Je vous écoute... Eh bien ?

Mᶫᶫᵉ DE BELLE-ISLE.

Oh ! c'est que je fais mal en disant ce que je
vais dire... car j'ai juré... eh bien ! cette nuit...
où M. de Richelieu prétend que je l'ai reçu ici...
je ne l'ai point passée au château.

D'AUBIGNY.

Vous n'avez point passé la nuit au château ?

Mᶫᶫᵉ DE BELLE-ISLE.

Non. Je l'ai quitté à dix heures du soir... et je
n'y suis rentrée qu'à cinq heures du matin.

D'AUBIGNY.

Mais où étiez-vous donc ?... au nom du ciel !
où étiez-vous ?

Mᶫᶫᵉ DE BELLE-ISLE.

Où j'étais... ah ! voilà ce que madame de Prie
seule peut m'autoriser à vous dire : j'ai déjà manqué à une partie de ma promesse en vous révélant
que je n'étais pas ici... Songez-y, Raoul... Ayez pitié
de moi et ne m'en demandez pas plus en ce moment.... car pour vous retenir ici... J'ai tant
souffert depuis hier, que, peut-être, je vous dirais
tout, tout, au mépris d'un serment sacré !

D'AUBIGNY.

Vous n'étiez pas ici... oh ! mon Dieu, mon Dieu !

Mlle DE BELLE-ISLE.

Je vous l'ai dit, je n'étais pas ici... Maintenant, je ne vous demande qu'une chose... une seule... et si vous attendez en vain, vous me tuerez Raoul, ou vous m'abandonnerez, en me méprisant, ce qui sera bien pis encore. Attendez que je puisse vous mettre en face de Mme de Prie, tandis qu'à ses genoux, moi, je la supplierai de tout vous dire.

D'AUBIGNY.

Mme de Prie ! mais vous savez bien que vous ne la reverrez pas.

Mlle DE BELLE-ISLE.

Comment ?

D'AUBIGNY.

Mme de Prie est partie cette nuit.

Mlle DE BELLE-ISLE.

Partie !

D'AUBIGNY.

Pour sa terre, où elle est exilée.

Mlle DE BELLE-ISLE.

Exilée !

D'AUBIGNY.

M. le duc de Bourbon en tombant l'a entraînée

dans sa chute... Vous me demandez là des choses que vous savez aussi bien que moi.

Mlle DE BELLE-ISLE.

M. le duc de Bourbon n'est plus ministre?

D'AUBIGNY.

Non, Gabrielle, et votre père va être libre.

Mlle DE BELLE-ISLE.

Le duc de Bourbon n'est plus ministre?

D'AUBIGNY.

Depuis hier midi.

Mlle DE BELLE-ISLE.

Sur votre honneur... ce que vous me dites-là, Raoul, est-ce vrai?

D'AUBIGNY.

Que vous importe?

Mlle DE BELLE-ISLE.

Raoul! je vous demande, sur votre honneur, si M. le duc de Bourbon est, ou n'est plus ministre.

D'AUBIGNY.

Il ne l'est plus.

Mlle DE BELLE-ISLE.

Mais je puis tout vous dire alors, car je suis dégagée de mon serment.

D'AUBIGNY.

Vous !

Mlle DE BELLE-ISLE.

Oui, moi... Ah ! Raoul ! nous sommes sauvés !

D'AUBIGNY.

Sauvés !

Mlle DE BELLE-ISLE.

Oui... cette nuit... Ah ! que je suis heureuse !

D'AUBIGNY.

Eh bien ! cette nuit...

Mlle DE BELLE-ISLE.

Cette nuit, munie d'une lettre de Mme de Prie, je suis partie dans sa voiture. Cette nuit, pendant laquelle tu croyais que je t'avais trompé, malheureux ! cette nuit ! je l'ai passée dans les bras de mon père, que je n'avais pas vu depuis trois ans, tu le sais... et si tu en doutes, Raoul... mon père, oui, mon père lui-même te jurera sur ses cheveux blancs que je dis la vérité.

D'AUBIGNY.

Taisez-vous! taisez-vous!..

Mlle DE BELLE-ISLE.

Voilà la cause de mon trouble, voilà pourquoi, pour la première fois, je te pressais de me quitter; voilà pourquoi, enfin, je n'ai rien pu te dire : c'est que j'avais juré à la marquise, qui m'avait donné cet ordre à l'insu du duc de Bourbon, que, tant que M. le duc de Bourbon serait ministre, je lui garderais ce secret qui pouvait la perdre et causer la mort de mon père. Dix minutes après que vous eûtes quitté cette chambre, j'étais partie... et j'y revenais seulement lorsque vous y êtes entré.

D'AUBIGNY.

Oh !

Mlle DE BELLE-ISLE.

Eh bien ! vous le voyez, c'est vous qui êtes le coupable, et c'est moi qui suis le juge... car rappelez-vous ce dont vous m'avez accusée, rappelez-vous ce que vous avez cru; rappelez-vous les paroles terribles que vous m'avez dites à moi, à votre Gabrielle. Savez-vous que, quand vous avez été parti, lorsque je me suis sentie chancelante, loin de mon père, et loin de vous, mon seul et dernier appui, savez-vous que je me suis crue abandonnée de Dieu même, et que je me suis demandé si mieux ne valait pas mourir?

D'AUBIGNY.

Gabrielle! Gabrielle!...

Mlle DE BELLE-ISLE.

Oui, car puisque vivante je ne pouvais plus me
justifier, peut-être, du moins, auriez-vous cru
ma mort! Peut-être vous seriez-vous dit alors:
Puisqu'elle est morte parce que je voulais la quitter,
elle m'aimait donc, et si elle m'aimait, elle n'a-
vait pu me tromper. Eh bien! maintenant, est-ce
vous qui me pardonnez, ou est-ce moi qui vous
pardonne? Non, c'est vous qui m'aimez, c'est moi
qui vous aime. Oublions le passé, l'avenir est à
nous! l'avenir, tout entier renfermé dans deux
mots: — Je t'aime toujours; m'aimes-tu encore?

D'AUBIGNY.

Assez, assez! mais alors, dites-moi, car j'ai eu
un instant la tête perdue, et voilà que tout me re-
vient... si vous n'étiez pas ici, si vous étiez à Paris... tout ce qu'a dit cet homme était donc faux,
il mentait donc ce duc! c'était donc un infâme!
Oh! (Il regarde la pendule, qui sonne huit heures et demie.) Et
une demi-heure seulement pour le trouver et pour
me venger de lui!... Une demi-heure! rien qu'une
demi-heure! Oh! mon Dieu! mon Dieu!

Il se précipite vers la porte, Gabrielle l'arrête.

Mlle DE BELLE-ISLE.

Raoul, je ne vous comprends pas. Je suis là ; je vous dis que je ne suis pas coupable ; je vous le prouve ; je vous répète que je vous aime ; et, au lieu de me répondre, vous pensez à cet homme ! mais laissez cet homme, méprisez ses calomnies ; obtenons la grâce de mon père, ce qui sera facile maintenant, puis quittons Paris et retournons en Bretagne ; soyons heureux !

D'AUBIGNY.

Heureux, Gabrielle ?... heureux !... oh ! vous ne savez pas, à votre tour !... vous ne savez pas !...

Mlle DE BELLE-ISLE.

Quoi donc ?

D'AUBIGNY.

Laissez-moi sortir, laissez-moi le retrouver avant neuf heures.

Mlle DE BELLE-ISLE.

Vous ne sortirez point, Raoul... Je ne sais pas ce que vous voulez dire, je ne sais pas ce que vous voulez faire... mais vous resterez. Oh ! je vous dis, moi, que vous ne passerez pas cette porte. J'appelle, je crie.

D'AUBIGNY.

Oh! mourir, mourir dans un pareil moment, mourir assassiné!... c'est impossible!

Mlle DE BELLE-ISLE.

Mais que dites-vous donc?

D'AUBIGNY.

Oh! Gabrielle! Gabrielle! viens ici.... dis-moi bien que tu m'aimais, répète-le-moi encore... C'est ma faute, aussi!... je n'aurais pas dû me fier à mes yeux; j'aurais dû douter de moi-même plutôt que de toi! mais je t'ai crue infidèle : j'ai cru qu'il fallait renoncer à toi pour toujours! Hélas! mon Dieu, si tu m'avais cru infidèle, qu'aurais-tu fait, toi? tu aurais voulu mourir, n'est-ce pas?... voilà tout! parce que tu es une femme, parce que tu es un ange, et que tu n'aurais pas pensé à la vengeance, et que tu serais morte en pardonnant. Mais moi!... oh! moi, j'ai voulu me venger... j'ai été à cet homme, Gabrielle... je ne devrais peut-être pas te dire tout cela! mais je n'ai plus de force. Je l'ai provoqué : nous allions nous battre.

Mlle DE BELLE-ISLE.

Grand Dieu!

D'AUBIGNY.

On nous a arrêtés : M. d'Auvray... il nous a fait donner notre parole : il n'y avait plus moyen de nous rencontrer qu'en expliquant devant un tribunal de maréchaux la cause de notre combat !... et cette cause, c'était ton déshonneur, Gabrielle... tu étais perdue, ou je ne me vengeais pas ! alors je lui ai offert de jouer sa vie contre la mienne sur un coup de dés.

Mlle DE BELLE-ISLE.

Raoul!

D'AUBIGNY.

Il a accepté, car il est brave.

Mlle DE BELLE-ISLE.

Et...

D'AUBIGNY.

Et j'ai perdu, voilà tout !...

Mlle DE BELLE-ISLE.

Ah ! je comprends maintenant : vous ne reveniez à moi que pour me dire adieu !... ce départ, c'était la mort !... vous mouriez pour moi, Raoul, à cause de moi !... Oh! mais vous avez renoncé à ce projet : vous vouliez mourir parce que vous me croyiez coupable... eh bien!... je ne le suis pas... vous savez maintenant que je vous aime, que je vous ai toujours aimé... alors pourquoi mourir? vous ne pouvez pas mourir!... Oh! cet homme... mon Dieu! mon Dieu! pourquoi ai-je rencontré cet homme?

D'AUBIGNY.

Vous voyez bien qu'il faut que je le tue.

Mlle DE BELLE-ISLE.

Oh! vous ne sortirez pas..... Vous ne me quitterez pas, pas d'une minute, pas d'une seconde.

D'AUBIGNY.

Il n'y a cependant que ce moyen de nous sauver... Lui mort, personne ne sait plus ce qui s'est passé... tout le monde ignore qu'aujourd'hui à neuf heures je devais... Tiens, Gabrielle, je dis des choses impossibles; je suis prêt à commettre des lâchetés infâmes... Et tout cela pour vous!... Ah! voyez si je vous aime! voyez!

Mlle DE BELLE-ISLE.

Oui, tu m'aimes, Raoul! et moi aussi, je t'aime! et cependant... tu n'as pas pitié de moi... Oh!

mon Dieu! mon Dieu! si tu étais à mes pieds comme je suis aux tiens, tu me ferais faire tout ce que tu voudrais... Ma réputation, mon honneur, ma vie, tout serait à toi!..... Ah! vous autres hommes, vous ne donnez jamais que la moitié de votre cœur à l'amour! le reste est pour l'orgueil. Voyons, dis-moi, que veux-tu que je fasse? Je ne puis pas rester ainsi sans te venir en aide... Veux-tu que j'aille le trouver? que je lui dise qu'il me tue, en te tuant?... Prends pitié de moi! Raoul!... Je sens ma tête qui se perd... Je deviens folle.

D'AUBIGNY.

Gabrielle!... Mon Dieu! mon Dieu! du courage!.....

Mlle DE BELLE-ISLE.

Du courage pour te voir mourir?... Mais que me dis-tu donc là, mon Dieu?.. Pour mourir avec toi?... oui, j'en aurai, si tu veux, le courage.

D'AUBIGNY.

Oh! c'est affreux! Ayez pitié de moi, Gabrielle! Gabrielle!... grâce! grâce!...

Mlle DE BELLE-ISLE.

Écoute!

D'AUBIGNY.

Quoi?

Mlle DE BELLE-ISLE.

C'est sa voix!... c'est la voix du duc!...

D'AUBIGNY.

La voix du duc! Oui... je la reconnais. Oh!
c'est la justice de Dieu qui l'amène.

Mlle DE BELLE-ISLE, essayant de l'arrêter.

Raoul!

D'AUBIGNY.

A votre tour, Gabrielle, à votre tour, entrez là...
J'ai droit d'exiger que vous fassiez aujourd'hui
pour moi ce qu'hier je faisais pour vous.

Mlle DE BELLE-ISLE.

Non, non! je ne vous laisserai pas seul.

D'AUBIGNY.

Gabrielle! si vous restez!... je ne réponds de
rien... si vous restez, je le traîne à vos pieds.

Mlle DE BELLE—ISLE.

Tout ce que vous voudrez!... tout!... tout!...
Mais, au nom du ciel, Raoul!...

D'AUBIGNY.

Soyez tranquille... Allez... allez...

LE DUC, derrière la porte.

Va-t'en au diable, faquin! je te dis que je sais
qu'il est ici... qu'il faut que je lui parle... et je lui
parlerai.

Il ouvre la porte.

SCENE III.

Mlle DE BELLE-ISLE, *cachée,* D'AUBIGNY, LE DUC,
couvert de poussière et ayant de grandes bottes.

D'AUBIGNY, au duc, qui s'est élancé dans la chambre.

Ah! je vous tiens donc enfin!

LE DUC.

Et moi aussi. J'avais assez peur de ne pas vous
retrouver. Je ne vous lâche plus.

D'AUBIGNY.

Monsieur le duc, vous en aviez menti!

LE DUC.

Je le sais, pardieu, bien, que j'en avais menti, puisque je viens de faire dix lieues à franc étrier pour vous le dire. Il y a six heures que vous le sauriez, si je n'avais pas été arrêté comme tout le monde et conduit à Paris; mais, par bonheur, je n'ai eu qu'un mot à dire au roi pour me justifier, et j'arrive à temps.....

Mlle de Belle-Isle sort de la chambre.

D'AUBIGNY.

Qu'est-ce que cela signifie?

LE DUC.

Je dis, chevalier, que si vous ne recevez pas mes excuses, que si vous ne me pardonnez pas, je ne me consolerai jamais de ce qui vient de m'arriver vis-à-vis de vous. Je dis que j'ai été joué, dupé, berné comme un sot, par Mme de Prie, qui n'a pas senti elle-même l'importance de ce qu'elle faisait. Je dis, monsieur le chevalier, que mademoiselle de Belle-Isle est l'ange le plus pur qui soit jamais descendu du ciel, et que je demande à être conduit à ses pieds pour m'incliner devant elle, pour obtenir mon pardon de sa bouche! Car je l'ai insultée, monsieur, insultée, et je m'en repens comme d'une action lâche et honteuse. Êtes-vous content, chevalier, et est-ce assez comme cela ?

Mlle DE BELLE-ISLE.

Ah! oui, monsieur le duc... tout est dit, tout est terminé. Oh ! vous êtes un noble cœur ! Oh! Raoul! Raoul! qu'attendez-vous encore pour partager ma joie et remercier Dieu de notre bonheur? (Au Duc.) Vous ne savez pas... il allait se tuer, le malheureux !

LE DUC.

Nous avons joué deux parties l'un contre l'autre, chevalier ; mais je ne me souviens que de celle que j'ai perdue... Eh ! bien, maintenant, voyons, la paix est-elle faite ?

D'AUBIGNY, présentant mademoiselle de Belle-Isle au duc.

Mlle de Belle-Isle, ma femme. (Présentant le duc de Richelieu à Mlle de Belle-Isle.) M. de Richelieu, mon meilleur ami.

FIN.

Les préfaces sont pour les chutes. Il n'y a donc rien à faire, après un succès, que de remercier les artistes qui y ont contribué.

FIRMIN a été, ce qu'il est toujours, comédien spirituel et de bon goût. Cette fois, sa tâche était difficile : il avait à porter ce poids d'un nom qui est devenu le type de toute grâce et de toute élégance : il l'a noblement soutenu, et le public a vu reparaître une de ces ombres aristocratiques qui vont s'effaçant de jour en jour dans la société, et que, depuis Fleury, on croyait absentes du théâtre. Un instant, les spectateurs auraient pu douter que cet homme, si plein de ravissante fatuité, fût le même qu'ils avaient applaudi tant de fois dans le rôle candidement passionné de *Saint-Mégrin,* si, vers la fin du cinquième acte, ils n'eussent reconu en lui ces accens de l'ame qui n'appartiennent qu'à lui. C'est que le cœur si franc et si loyal de l'homme se trahit toujours quelque peu sous l'habit du comédien.

LOCKROY, chargé d'un rôle difficile et dangereux en ce qu'il contrastait par son caractère mélancolique avec les couleurs joyeuses des autres rôles, a retrouvé dans le chevalier d'Aubigny ses plus belles inspirations de Monaldeschi, d'Éthelwood et de Muller. C'est une vieille et sincère fraternité d'armes que celle qui nous unit à lui, et elle nous a toujours porté bonheur.

Le rôle de d'Aumont était un de ces rôles que nous n'eussions pas osé offrir à tout le monde : il fallait la tenue et l'élégance de MIRECOURT au comédien qui osait se montrer au public sous l'habit du *gentilhomme le plus débraillé de France.* Au reste, outre l'élégance et la tenue qui lui sont habituelles, MIRECOURT a su trouver des effets de cette bonne et franche gaîté dont le Théâtre-Français seul a conservé la tradition.

Que Mlle MANTE ne nous en veuille pas de reporter si loin les complimens que nous avons à lui faire : nous suivons dans ces quelques mots les habitudes de distribution théâtrale, qui rejettent d'une façon si peu galante les femmes à la fin de la liste des personnages qui jouent dans une pièce : il est impossible de mieux comprendre le rôle de Mme de Prie qu'elle ne le fait : c'était bien la hautaine et insolente favorite qui régna trois ans sur la France et qui mourut de douleur d'avoir été détrônée; mais, ce que nous doutons que Mme de Prie ait jamais possédé, c'est une finesse d'intonation qui laisse deviner, par une seule exclamation, tout ce qui se passe dans le cœur. Mlle MANTE est une excellente comédienne, à qui le public rend tous les jours justice, en attendant que les distributeurs des grâces ministérielles en fassent autant.

Quant à Mlle DUPONT, la vive et joyeuse Lisette, nous lui devons une double reconnaissance, et d'avoir bien voulu prendre un rôle que nous n'osions pas lui offrir, et de l'avoir joué avec cet entrain qu'elle apporte aux grandes compositions de Molière et de Marivaux. Nous avons contracté vis-à-vis d'elle une dette qu'un simple remercîment n'acquitte pas; et nous espérons, comme M. le duc de Richelieu, *lui payer un jour ses gages* en monnaie de théâtre.

On s'étonnera, sans doute, que nous n'ayons pas encore prononcé le nom de Mlle MARS : nous lui dédions cette comédie. Le succès remonte à sa source.

ALEXANDRE DUMAS.